사랑받기 위해 태어난 사람

지혜사랑 239

사랑받기 위해 태어난 사람

이충기

지혜

시인의 말

조금만 걸어도 온몸에 열이 올랐다 마음의
병을 얻고 들어선 곳에서 체온을 다시 재고
의사의 진찰을 받았다

잠시 후
주사를 맞고 가라는 얘기를 들었다

나는 정상이 아닌 것 같아요. 선생님

2021년
이충기

차례

2부

3부

4부

5부

• 일러두기
  한 연이 첫 번째 행에서 시작될 때는 > 로 표시합니다.

1부

탈출을 위한 돌림노래

몇 날 몇 시가 돼도
창가에 앉아서 커피만 계속 마십니다
평소 느껴왔던 쓴맛입니다
그 맛을 느끼기 위해 일부러 설탕을 넣지 않고
온몸에 수건도 두릅니다
나의 이름은 쌍시옷으로 시작되는 욕입니다
그 발음이 친숙해질수록 무서워서
귀를 막으면
당신으로부터 얻어터집니다

나는 언제쯤이면 이 집에서 탈출할 수 있을까요?
돌아가지 않는 시간과 어울리는 단어는 커피
그것이 식는 속도를 보면
약이 닳은 시계의 초침을 보는 것 같아요

그래도 나는 배터리를 갈아 끼우지 않을 거예요
아무것도 걸쳐 입지 않은 목소리는
필터링을 거치지 않기 때문이지요
이른바 나를 소개하는 짓입니다
나는 당신으로부터 매일 밤
대문 밖으로 내쫓기는 사람입니다

>
맨몸으로 쫓기는 내가 돌림노래를 부르는 것처럼
누가 이 음악을 대신 멈춰줄 수 있을까
옥상계단으로 피신해서
누구도 시키지 않은 작사를 하며
노랫말을 덧붙입니다

부디 한 번만 더 용서해주세요

마치 누군가의 도움을 받아
탈출하는 기분이 드네요
집에 보관하고 있는 내 마음도
얼른 누가 꺼내줬으면 좋겠어요

투명인간

손톱을 자르지 않고 고개를 들지 않고 옷도 갈아입지 않은 사람이 베개에 얼굴을 파묻은 채로 이불 속에 내내 들어가 있어서

내 말을 누가 들어 주냐
소리를 질러도

바깥은 고요했다

나를 찾으려는 사람
아무도 없었다

그림자를 온몸에 휘감은 채로 하루를 다 써 버린 사람의
얼굴은
까맣거나
무색이었다

길바닥에 나와서까지 굴러다녀도 하나도 안 아팠다
원래 그렇게 살아왔으니까

아무도 나를 반길 수가 없으니까

\>

　나를 신문지 따위로 돌돌 말린 뒤에야 신문 꽂이에 꽂아둔 사람의 뒷모습만 생생했다 어떻게 시간이 돌아가는지 그 사람 덕분에 깨달은 걸까

　구겨지는 소리가 내 몸속에서 들렸다 그러나 나는 내가 아프다는 얘기를 좀처럼 하지 못했다 그 사람이 잘못 들은 거야 그러니까 오늘도 손톱을 자르지 않고 고개를 들지 않고 옷도 갈아입지 않고 베개에 얼굴을 파묻힌 채로 이불 속에 들어가 있는 나는 뭐라고 말을 못하는 대신에 죽지 못하는 병을 얻었다

　몸이 구겨진 채로 길바닥을 굴러가면
　나를 제대로 볼 줄 아는 사람은 희박했다

　이것이 바로 마음의 상처였다

고약한 골목

여기가 어디인 줄도 모르면서 나도 모르게 입맛이 돌았다

휴지로 닦다 만 입술로 몰래 길바닥을 전전하면 누가 나를 데려가 주지 않을까? 그런 생각을 할 때까지 고막 가까이에 귀지가 들어갔다 나는 울보가 되었다 땅에 흘린 종이컵만 봐도 맛있어 보였다

내 신발을 핥아 먹는 고양이처럼
앞으로 여기서 뭘 하면 좋을까?

이쯤에서 우리는 어디에서 온 누구이고 코앞에 휴지 조각이 떨어질 때
귀를 깊숙이 후벼 팠다

사람을 구한다는 벽보 앞에서도 귀에서도 눈독 들인 손들이 쏟아졌다 자기를 버린 주인의 체취를 할퀴고 직업란을 빈칸으로 남기는 실업자의 행색 속에서도 귀가 또 간질거렸다 휴지 조각을 또 누가 버린 것이다

대기 번호를 부여받은 취업준비생이 반쯤 열린 차에서 또 쫓겨나는 풍경이 거기에서 나왔다 그걸 굳이 지켜보면서까지 자기 차례를 기다리는 나도 보였다

방울과 방울이 만나면, 그건 관심을 달라는 소리

우산을 펼쳐놓고 길가에 놓고 가면 그곳은 영원히 비가 오지 않는 도시가 되었다 나는 동전 떨어지는 소리만 들어도 이빨을 드러냈다 커다란 종이 상자 속을 보면 내가 있지 않는가

나는 이빨 빠진 짐승이라네…. 누가 누구를 부를 때마다 나는 뒤를 돌았고 이빨이라도 더 빼서 전당포로 도망쳤다 책정 당하는 가격은 고작 동전 몇 푼이란 걸 알지만

내가 숨어 있는 곳에서도 비가 오지 않았다 나를 보고 가는 사람들이 없어지니까
우산 하나만큼은 일부러 접어두었다 조금이라도 내게 침 섞인 방울을 던져놓지 않을까?
그런 생각을 하는 나는 이 구역에서 유명한 노숙자로 불렸다 그러나 아무도 겁을 먹지 않았다 나는 그저 스쳐 지나가는 그림자 끝에 매달릴 뿐

오죽하면 내가 여기서 뭘 하고 있는지
피켓을 들고 있겠는가?

"나는 불쌍합니다 어릴 때부터 나는 엄마 아빠도 없이 고아로 지내왔습니다 내게 힘을 주십시오."

>

힘이 동전이 되어 갈수록

내 앞에 담긴 통은 두둑해지고, 두둑해진 배를 감싸 안은 나는 새끼를 품에 안은 캥거루처럼 이곳저곳을 캐러 다녔다 동전이 튀어나오니까, 이제는 팔과 다리를 부러뜨리고 입을 굳게 닫았는데

더 불쌍한 척 하지 마!

너 따위가 들을 얘기라고 도시 사람들은 마음속으로 외치면서 나를 피해 다녔다

나는 다시 으르렁거리면서 상자 속으로 들어갔다

폐가 廢家

집에 창문은 필요 없다
이미 산산조각이다

창가 바로 앞에 번개가 치고 낮과 밤의 경계가 무뎌지고
벽지와 마룻바닥이 갈라지고

개는 목 놓아 울고 있다
개집을 앞에 두고

나는 손톱을 물어뜯는다
차마 개를 내쫓을 수 없어서
찌꺼기를 모은다

누가 쟤 이빨 좀 닦아줘
시계추가 딸깍 소리를 낼 때

창문이 순간 노랗게 부서진다

저 창 너머에는 가로등이 없는데

말하지 못할 속내들이 간밤에 휩쓸려온다
초인종을 누르고 달아나는 아이들처럼

>
　　아버지와 어머니는
　　개에게 빙의되어
　　대문 앞으로 다시 돌아오지만

　　나는 땅속으로 도망가
　　까맣게 나를 불태운다

　　나를 향해 뻗는 그들의 손바닥을 피해

　　안녕,
　　이 집은 이제 재개발되어야 하므로

　　가루처럼 잘게 부서진다

치매에 걸린 새

당신은 사람의 머리를 부리로 찍고 가는 새가 될 거라고
내게 말한다

어른의 몸으로도 어린 아이를 연기하듯이
죽음을 앞둔 기억력으로 살아가는 사람이 또 있어요?
내가 물으면

낡은 나뭇가지로 둥지를 튼 곳들을 가리키며

저곳이 무덤이야, 하지만
차마 죽고 싶지 않아서 길거리를 떠돌고

아무 이유도 없이
심장에 마비를 일으키는 당신은

손이 닿지도 않는 곳으로
떠나가는 사람이 되어
내 머리를 찍는다

어디든지 나를 돌발적으로 깨울 것만 같아

날개가 생명력인 당신의 이름을 외치며

어디로 갔나요? 말하는 순간
깃털이 또 떨어진다

머리가 순간적으로 아프고
당신에 대한 기억이 사라질 때

나도 둥지 속으로 같이 들어가는 건 아닐까

하늘만 물끄러미 쳐다보고 있다

외진 곳

공 하나를 손에 쥐고 오는 A는 반대편 골대에서 양쪽 귀를 잃어버렸다고 한다 마침 골대에 서 있던 B는 A가 잃어버렸다던 귀를 몰래 호주머니에 넣고, *네 귀 어디 갔다 팔았냐?* 하며 따질 듯이 물었다 A는 B의 표정만 보고 겁에 질렸고 제자리에 털썩 주저앉아 울기 바빴다 A의 입에서 울음소리가 나올 때마다 B만의 놀이터가 하나둘씩 등장했다

저 사람 왜 울고 있는 거야?

울고 있는 표정에 대해 관심을 가져도 정작 왜 우는지 알려고 하지 않는 사람들처럼 무심코 A를 피하기만 하던 책임감

그런 와중에도 A는 없는 귀라도 애써 가려야 될 것 같은 마음에 울음을 그치자마자 또 다른 울음소리를 준비했다 B의 손이 A의 뺨을 후려쳤다 울음소리가 들렸다 B가 또 어디 갔다가 등장했다 울음소리가 그치지 않았다 A가 쥐고 있던 공이 골대 쪽으로 굴러 들어갔다 그 공을 매일 차고 다니던 B는 A의 양쪽 귀를 다시 A에게 건네주었다 B의 목소리가 들렸다 *넌 내 분신이고, 내 말만 들어야 돼!* 환청이다 A는 B의 목소리만 들리는 귀를 달고 싶지 않아서 그걸 외진 곳에 갖다 버렸다 단 둘이서만 아는 장소에서 A는 B에게서 도망쳤다

사슴이 울고 있어요

너의 이름을 사슴이라고 불러도 될까 벽에 걸어둔 사슴뿔 벽걸이에서 네 입 모양이 자꾸만 아른거려서 나 때문에 벽에 걸려 있는 너는 어떤 생각으로 나를 쳐다볼까

네가 계속 생각날까 봐 방 안으로 들어가면

당신 속에 당신들 종합선물세트처럼
당신의 아들딸 가질 수가 없어
멀리서 당신을 바라볼 거라는 표정으로 가만히…*

내 귀에 속삭이는 네가 걸어있는 벽을
또 바라보면

사진으로 남으려고 나를 걸어두는 거야? 당신

아무도 대답해주지 않는다
너는 이제 사람이 아니므로
마음은 멈춘다,는 문장을 너에게서 이해하려면
너를 갖다버려야 되는 건가

아니야,
라고 말하고 싶은 사람은 나다 나는 침대에서 빠져나오지

못한다 아니, 나오지 않으려고 발버둥을 친다 너의 목소리
가 걸려있는 벽으로 둘러싸여 있는 집의 구성원은 네가 어
떻게 우리의 귀를 관통하는지

　사슴이라는 단어를 어떻게 다시 긍정적으로 생각해야 할
지

　눈을 떨군다
　울고 있는 것도 하나의 마음이니까

* 최정례 '딸기는 왜 이렇게 향기로운 걸까?'에서 시 일부를 변용함.

심장이 달려 있는 것들은 마음도 있다

아무것도 보관되어있지 않지만 깨끗한 마음을 뭐라고 설명해야 될까 누나는 마음이 하얘지고 싶어서 하얀 개를 데리고 와 사진을 찍었어 나는 이것이 하나의 파일이 되고 심장을 또 하나 만들어가는 아카이브라 했지만 누나는 어정쩡하게 포즈를 취했지

　나중에 언젠가 나한테 얘기한 적이 있어
　그때가 제일 후회된다고

　사진 속에 들어가 있던 개는
　무지개다리를 건넜기 때문에
　몸에 아무것도 입히지 않은 개를 볼 때면
　가슴이 점점 커지는 거야

　가슴 속에 달려 있던 심장 덕분에
　고개를 숙이고
　등이 굽힌 누나를 지켜보던 나와 동창 친구도
　개 한 마리를 어디선가 끌고 왔지

　그 개는 온몸이 검고 눈도 까맸네 누나를 바라보던 눈동자가 그렁그렁해지고, 우리도 덩달아 가슴이 더 커지고, 나와 우리 누나 몸에 달라붙으려고 하며 낑낑거릴 때

>
같이 덩달아 울음을 터트리던 동창 친구도
얼마 지나지 않아
사진 몇 장으로만 남았지

검은 개보다
더 검게 몸이 타오르는 사고를 당해서
걔는 내 손으로 절대 못 버린다고
울부짖었던 우리는
하얗고 검은 개를 둘 다 키웠다

누나의 포즈를 따라 하던 개에게서
걔 심장 소리가 선명하게 들렸고

걔를 보관해놓은 앨범 속으로
누나가 키웠던 하얀 개도
함께 들어갔다

우리의 가슴 속에는

무겁고 깨끗하지 않은
마음이 달려 있기 때문이다

거미가 꿰어놓은 시인

거미줄을 제 손으로 헝클어 놓은 아이가 누군가의 시 안으로 들어갔다고, 시를 본 지 얼마 안 된 아이가 얘기했다 그 말을 들은 누군가는 죽음을 준비하고

아이가 떠돌 것으로 추정되는 시는 타지 않는 쓰레기로 분류되었다 그곳에서 빠져나오지 못한 아이는 거미가 되었다 몸통이 여러 개로 나뉜 채로 각각의 시로 스며들었다

그 시들의 필자인 A는 오래 전부터 시로 먹고 살기 위해 등단부터 했으며, 자신의 시를 읽고 이해하지 못한 아이들의 머리채를 잡아 쥐어뜯곤 했다 머리 한 올이 떨어질 때마다 아이가 튀어나왔다 또 머리끄덩이를 잡았다 그의 행보에 실망을 한 아이들이 또 뛰쳐나왔다

곳곳에서 아이를 학대했던 A의 장면이 시로 복사되어 나왔다 A는 그걸 갈기갈기 찢은 채로 쓰레기통에 또 버렸다 아이는 A가 드디어 미쳤다고 판단하고 A의 마음이 녹아든 쓰레기통 속에서 시를 읽었다

거미가 똥을 싸도 버림받지 않는 A의 시는 드디어 독자들에게서 버려지고 자신의 몸에서 아이가 헤어 나오지 못한다고 판단한 A는 쓰레기통 속을 둘러보았다

아이가 웅크리고 있었다 입을 막고 있었다 그 입에 청색 테이프를 붙여놓은 사람은 바로 A였다 A가 직접 손으로 펼쳐놓은 시적 세계가 제 어리석인 몸이 탄로 날 때까지의 과정을 그려놓았다

A는 이제 어디까지 손을 써야 될지 몰라서 자신의 죽음을 택했다 이것 또한 하나의 자서전처럼 역사와 한 몸이 될 거라고, A는 생각했을 것이다

아이의 몸과 A의 몸에서 총소리가 들렸다

A는 그 자리에서 숨졌고 아이는 심한 중상만 입은 채로 A의 시 안을 좀 더 돌아다녔다

A는 죽기 직전까지 털어낼 게 많았다 아이가 등장했다 피가 철철 흘러나왔다 수많은 아이들이 그곳에서 또 뛰쳐나왔다

누나의 개

개 한 마리 데리고 왔어
개 한 마리 데리고 왔어?
이 문장을 다르게 해석하는 개와 개의 개가 있다 걔는
누나고 누나의 어깨를 책임지는 사람은 나다 누나가 말한
다 **개 한 마리 더 키우는 기분이야**

갈수록 가슴을 웅크리는 누나 앞에서
누가 나보고 개새끼라고 방금 지나가는 사람이 욕을 해
댔다

그러니까 걔는
이빨을 살짝 드러내며
으르렁거리는 개를 내 앞에서 따라 했다

누나, 누나보다 더 큰 개와 함께하는 기분 어때? 나는 왜
옆에 안 껴줘? 나 개 같이 행동하는 거 누나가 제일 싫어하
는 거 알지만, 누나 개가 될 거야. 그래야 누나 옆에 붙어 다
닐 수 있거든.

내가 힘찬 목소리로 멍멍 지을 동안
우산이 없어서 나를 데리고 다닌다는
누나

>
그래서 비 올 때마다
어깨가 너무 아프다고 말했다

어쩌면 나에게서 도망칠 수 있는 좋은 방법은
고독

조용히 내 목에 밧줄을 묶고
나무에 걸고 도망가는 것

나는 그걸 알기 때문에 더더욱 누나 옆에 붙어 있으려고
말도 안 되는 거짓말을 지껄인다

누나의 개새끼니까

개새끼는
주인 뒤꽁무니만 쫓아다니니까

2부

없어져 가는 오늘

발을 씻자마자 물속으로 도망치는 저 때를 보았다

눈에서도 빛은 스며들었고 먹은 빛의 양만큼 없어져 가는 오늘은 시간이 부족했다 시간이 부족한 만큼 누가 자꾸만 내 손에 비누칠을 하고 도망갔다

나와 마주하는 거울 속에서도 자정이 왔다 빨려 들어갈 것만 같았다 저기는 내가 안내받을 곳도 없는데 일부러 나에게 질문을 한다

너, 누구니?

이별하는 사람의 손을 잡으려는 사람처럼 거품으로 얼룩진 나는 이곳저곳을 살펴보았다

좀 전에 있었던 내가 씻겨나가듯 사라지고 있었다
이제 그를 찾을 수 있는 사람 아무도 없고 나는 이제 오늘에 위치해 있는 사람이 되었다

나를 부를 수 있는 유일한 사람은 여전히 내일에 머물렀다

이것이 순환입니까?

땅바닥을 거닐 때마다 나뭇잎이 죽는소리가 들리는데요

고개를 숙이고 묵념합니다

이때
누군가 당신을 사랑한다고 말을 하는 소리가 들립니다

여기는 도무지 알 수가 없는 세상입니다 마치 죽기 직전
에 다시 뛰는 심장처럼 나무 위로 올라탄 사람, 미처 전달하
지 못한 러브레터를 잎과 함께 떨어뜨립니다

그곳에 온갖 마음이 다 들어가 있으므로

러브레터를 주울 당신에게는
스멀스멀 올라오는 해를 향해 떨어뜨릴 폭탄이 있습니
다 이것은 수신자의 마음에게 시간을 허비하지 말아 달라
는 거절입니다

다음 계절로 징검다리를 건너기 위해
잎을 쓸고 있는 당신은 어느새 주름진 얼굴로
이것이 순환입니까? 하며 검게 타오릅니다

>
　　사랑 고백을 받지 않으려고
　　사랑한다, 말을 하는 사람을 저주하기 위해

　　나무는 다시 잎을 매달고
　　이곳저곳을 발로 밟던 사람들은
　　눈을 감았다 뜨는데요
　　이 상황을 어떻게 해석해야 될지 모르는 와중에도

　　계절은 계속 바뀌고, 또 바뀝니다

술래잡기를 싫어할 수밖에

아무것도 칠하지 않은 스케치북을 받았어 나는 하얗고 더 하얘지기 위해 백지가 되었네 엄마가 나를 숨길 곳들은 밑 그림이 되니까

내가 그릴 그림의 바탕이란 흰색도 아닌 무색이다 검은 밤하늘의 무늬를 온몸에 새긴 엄마는 보이지 않고 나는 꼼짝도 하지 못하는 별의 자식처럼 숨어버렸지 어디선가 당신 목소리가 희미하게 들리는 것 같아

저기요? 내가 안 보이시나요?

족쇄가 달린 하늘만 맴돌고 있을 우리는 N극과 N극, S극과 S극으로 만났지 그러니까 나를 땅에서 부르고 있을 엄마에게 잡혀 살 수 있을까? 말풍선만 뭉뚱그린 나의 상공에서는 신발을 벗는 소리가 유독 크게 들렸다

열두 시가 되기도 전에 떠나야 한다는 신데렐라의 심정을 알 것만 같아

아마 그녀도 숨을 제때 쉬지 못했을 거야 스케치북이 닫히기 직전까지도 실어증에 걸린 하늘 아래에서부터 관측을 당했을 순간까지도

스케치북은 바빠진다
빛과 빛의 손목을 잡으며 손바닥이 하나가 될 때까지

　나는 나에게 저주를 걸었다 술래가 아닌데도 머릿속에 백지를 메우고 신발을 벗기고 도망가는 엄마를 가만히 쳐다보는 것 그리고 네 엄마가 어디 또 도망가야 하니까 내게 행운을 비는 거라고 말하기가 무섭게

　어딘가에 또 감금당했다 이 과정의 결과를 별똥별이라고 부르며

　빛과 무수히 그려내는 그림 한 장을 위해, 나는 연필과 지우개와 색연필로 내 손목과 발목을 묶어놓았다

귀신보다 사람이 더 무서운 편의점

담배꽁초를 물었던 입으로 당신에게 인사를 했다

당신의 몸이 꼭 시계바늘 같아서
계산대 앞에서까지 기웃거리자
머리가 돌 것 같았다

문에 부딪혀 흔들리는 종소리

계산대만큼은 동전을 쥔 손으로 깨우고 연신 눈물을 닦아
내고 알싸한 사탕 하나 입에 머금고

도로를 질주하는 아스팔트 위 운전자처럼
투명유리만 쳐다보았다

시계는 더 돌아가야 하는데 손가락만 봐도 무슨 담배를
사러 왔는지 머리끄덩이도 잡아봐야 하는데

배고프고 목이 말라서 하품을 했다

맹물과 탄산수와 동전을 넣으면 툭, 떨어지는 커피의 맛
이 그리워서
허공에게 말을 걸었다

>

귀신보다 사람이 더 무서워

나를 깨운 이곳은 계산대 앞이었다

미완성

볼펜이 있다 무언가를 쓴다는 건 누군가의 어깨에 걸친
채로 오늘을 이야기하는 거라고 누가 내게 말한 적이 있다
　나를 대화의 주인공으로 이끌어준 사람은 빨리 사라진다

나는 사라진 사람에 관해 시를 쓴다
온갖 비문으로 가득한 초고를 쓴 뒤에야
그 누군가를 다시 만난다

손을 뻗는다
네가 내게 말해주던 소망이 이 안에 담겨 있는 것처럼

주먹도 꽉 쥐어본다
나는 나를 잘 모르겠으니
당신이 나를 판단해 달라 부탁할 때

아무도 내게 질문 같은 걸 던지지 않고
비문 그 자체도 삶이니
숨어 있는 병이니
병을 앓게 해준 비밀스러운 고백 같으니
검은 손가락의 끝이 뭉툭해지도록
볼펜이 움직이고 있으니

>
　잘 생각해보라는 말만
　주구장창 듣는다

　다시,
　볼펜이 있다 볼펜을 만지작거리는 사람은 나의 손가락도
볼펜으로 본다 나는 그 사람이 완성해 낸 시가 된다

　마침표를 찍은 문장이 가득한 시 안에서도

　나는
　완성되지 않은 사람으로 돌아다닌다

꼬부랑

옥상은 나를 움직이게 합니다
종잇장 같은 날들이 빨래처럼 펄럭이는데
누가 내 발 끝에 빨래집게를 걸어서
그림자들이 등에 따라붙어요
얼마나 허리를 굽히면서 감정 폭력을 당해왔는지
내 몸에는 꼬부랑 할머니도 살아갑니다
할머니는 돈을 셀 뿐만 아니라
미처 마르지 못한 빨래 더미와도 같은
성근 말투를 털어내는 손님들과 마주칩니다
허리는 아래쪽으로 점점 더 기울어지고
옥상보다 더 높은 낭떠러지로 떨어질 것처럼
감정의 롤러코스터를 한 번에 겪죠
그렇다면 저는 맨바닥과 잘 어울리는 사람인가요?
작은 각도로 굽혀진 허리를 통해
눈을 아무리 크게 떠도
사람의 힘은 종이보다 약해질 수 있다,
그런 생각만 하다 보니
구인 공고 같은 빨랫감이 널리고 널려서
나에게는 말릴 시간도 모자랍니다
그러니까 내 밑에는 항상
검은 할머니의 그림자가
무기한의 숙제처럼 받쳐주는 겁니다

옥에 티

선풍기를 틀고 잠을 자면 죽는다는 얘기를 들었다 *그건 우리 집뿐만 아니라 어디 가서든 안 통해요, 선생님*

최악의 교양은 폭력이라는 걸, 선생님은 알고 계셨는지 모르겠다 머리를 벅벅 긁은 손으로 내 얼굴을 찌르더니, *내 말이 다 옳으니까 뭘 자꾸 아는 척 하지 마라*

꾸중을 들은 날이면 일부러 선풍기를 쥐고 다녔다 목구멍이 따갑도록 고개를 저었고 침도 삼켰다

날개 달린 바람이 당신의 방안에서부터
가득히 불어올 때

나는 몇 번이나 빰을 더 맞아야 하나요, 따져보았지만
당신은 눈길도 돌리지 않고
내 책상을 더럽히는데

오늘 날씨는 참 맑아서 가방 지퍼를 더 열어도 될 것 같았다 당신이 창문 밖으로 내 가방을 탈탈 털어버리려고 하면

쨍쨍하게 달아오르는 햇살

>

　모래알은 더 반짝이고

　하늘은 당신이 잘못된 선택을 할 때마다 내 손이 훑고 간
폭로의 힘을 따르려고 구름 한 점조차 모으려 하지 않았다

　당분간 비가 오지 않을 예정이라고
　기상캐스터가 예보했다, 나는 가방 속 먼지처럼 더욱더
날뛰었고
　폴짝폴짝 뛰어다녔다

　뛰어다니는 곳마다 고개를 들지 못하는 선생님, *뭐해요?
절 보지 않고*

I

신분증을 제시해달라는 목소리를 들으면
얼굴이 붉게 달아오른다

이제 내가 여기서 해야 할 일은 하나!
아이라는 이름을 개명하는 것이다

너는 지금부터 아이가 될 수 없어

그러나 나는 아이 같다는 얘기를 듣고 싶어서
몸에 휘발유를 끼얹고 불을 지핀다

각자 할 일을 하던 사람들은
나를 말리기 위해 손을 뻗지만

나는
불 속으로 뛰어들고

검붉은 피가 되어 흐르는 머리카락을 잡아뗀다

아프다는 말도 안 나오는 걸 보니
다시 태어나는 중인 것 같다

나의 죽음에 대해 얘기하던 사람들은 늙고
사람의 몸이 아니든 맞든
다시 환생하는 나는 I로 불린다

한 평생을 아이답게 살라는 걸까
그렇다면,
아이다운 행동은 무엇일까?

이제 그걸 고민하기 위해
불을 또 지피고 있는 나다

갓 태어난 호랑이였을 때

호랑이의 울음만 녹음해서 따라 했다 다들 나를 무서워할 줄 알았다 언제까지 누구의 말에 귀담아듣지 않는 외톨이가 될까 그런 생각에 사로잡힐 때면 혀를 내두르고 싶지 않아서 얼음을 입에 가득 물고

물이 되어 흐르는 얼음조각처럼 모든 시야가 날카로워질 때
아무것도 없는 종이를 마구 찢어댔다

나에게는 지금 당장 아물 상처가 없겠지만

수염을 더 길러야
마지못해 얘기할 수 있을 것 같아서
당신의 그림자가 조금이라도 보이면
경계했다

왜 내가 읽을 수 있는 글자는 없는 거야? 사람이 아닌 것이 해서는 안 될 행동을 하는 것처럼 나도 잠깐 제정신이 아니었지만

이게 바로 나의 심리인 걸

>
나에게 왜 이런 걸 가르쳤냐고
밥을 주러 온 당신에게 대들었다

나의 성스러운 뾰족함에도
좀처럼 아물 생각을 하지 않던 당신은
나를 교육하기 위해
지휘자가 되었다

꼬리를 더 흔들어도
그것조차 반항으로 받아들이는 당신에게서

나는 다시 입을 닫고
수염을 더 기르고
평소보다 더 큰 목소리를 내며
툭 튀어나온 앞니를 드러냈다
나를 보는 눈들이 흔들릴 때까지

묵언수행

비포장도로를 걷는 나는 누구도 감싸주지 않습니다
마늘 찧는 소리가 무릎에서 들려도

지팡이를 손에 놓지 말라고
클랙슨이 뒤에서 경고처럼 울려 퍼지더니

뒤따라오던 차 운전자가 나를 앞지르자마자
창문을 내리고
어떻게 그런 꼴로 돌아다니시냐 내게 묻습니다

나는 조용히 발바닥 밑을 듭니다
눈에서도 물집이 잡힐 것 같은
단단한 굳은살,
당신은 썩은 마늘 씨앗을 손에 쥐고
뺨을 때릴 것 같이 뿌리려는데

소란스럽게 두꺼워지는 티눈*의 증식
갈아 끼울 부품도 없는 내 몸에선
한 번도 남한테 소개된 적 없는 이름처럼
저만치 멀어져가는 차와 나 사이의 거리를 품고
밝힐 수 없는 아픔의 두께마저 늘립니다

>
　나는 마땅히 갈 집이 없어서

　양말도 갈아 신지 못합니다

　마늘을 으깰 때까지

　지팡이를 짚는 구간마다

　막다른 도로가 됩니다

＊ 피부가 기계적인 자극을 지속적으로 받아 각질이 증식되어 피 내에
　　박힌 것.

극소형 비상구

이불을 들추어 보니
비상구가 보인다
당신이 그곳을 지키고 있다

달리기 자세만 취해도
죽어, 하며 말하는 당신의 심장은
일촉즉발이다

미끼에 걸려서 육지로 올라오는 생선의 아가미처럼
고개를 어떻게 들어야 하나

당신이 나를 잡으면
눈이 튀어나올 것 같은데

야릇한 속살에
뼈를 말아 먹는 곳은 당신이라는 국가

아주 작고 작은 바람의 손

노크도 없이 급습하는 이불 속으로
내동댕이치면

>

도마 위로 핏물을 뚝뚝 떨어뜨리기 위해
눈을 부릅뜨는 내가 보인다

아버지라는 이름하에 무릎을 꿇어야만
비상구가 다시 보인다

탈출해야 한다

유교적인 학습 체계로서의 본능은 위협
비상구로 향하는 길목에선
내 사지를 둘러싼 가해 현장이 펼쳐진다

3부

천년의 흉터 자국

봉곡사 골목, 지퍼가 반쯤 열린 가방을 메고 있던 여인네가 천년의 숲으로 들어가고 있다 그녀는 자기 자신이 연료로 쓰인다는 걸 알지만 (우리나라인데도 남의 나라 언어를 써야 한다는 현실이 비통해서) 입을 뻥끗하지 않고 김치 치즈 스마일을 찾기 위해 V자 모양의 흉터 자국을 손으로 일궈낸다

그래서 송진을 채취해가라고 제 몸 속에 쌓여 있던 바람을 아낌없이 내어주는 아름드리 소나무 밑동에게서 문득 저릿한 냄새가 나는 걸까

골목은 그녀의 가방 지퍼 위에 앉아 불을 밝히는 반딧불이로 변한다
소리 내어 울지 않으려는 마음 덕분에
천년 동안 바람이 지나가 버린 오후에는
해가 뒷산으로 순간이동을 한다

소나무 너머로 짙게 드리워진 빛을 손으로 가리니
그녀와 숲의 울음소리가 들리는 것 같아서
V자의 모양, 김치 치즈 스마일을 외치며
사진으로나마 담는 나에게도
통증은 전염된다

심장이 아픈 사람

심장이 내려앉을 때마다, 빈 공책을 꺼내는 나는
내일 곧 죽을 목숨이었다

소파에 앉았더니 시 한 편이 떠올랐다

네가 누구인지 모른다면
어떤 책이든 펼쳐보라고

시인이 자신의 강연에서 얘기했던 일화와
경험담을 내 입으로 중얼거리며
허공의 껍질을 벗겨보았다

그곳에서도 눈동자는 흔들렸다

나는 빈칸이 없어져 버린 공책을 펼치고
글자 위에 또 글자를 덮어씌웠다

누가 내 얘기를 시로 쓰고 있나 봐
범인은 바로 나,

나를 범인으로 취급한 나는

소파에서 벗어나올 생각도 안 하고
고개를 숙였다

　　이번에는 심장을 부여잡고, 낙서로 가득한 공책 위로
　　　　　떠오르는 문장을 무작정 써 내려갔다

봤지?
봤지 너 인생 진짜 시적이다 아무도 못 알아보겠어
못 알아보겠다는 것의 기준은 뭐니?
모르겠어 그건 정말로

정말 알 수가 없었다
내일도 죽지 못할 것 같은 압박감에
오늘 앉은 소파가 있는 카페 이름을 외워두고
밖으로 나왔다

온몸이 부들부들 떨렸다 심장박동수가 원래대로 되돌아
오는 것 같았다 그건 기분 탓이었다 내 옆을 지나가는 사람
들의 온도와 나의 온도는 차이가 있었다 나는 분명 따뜻한
곳에 왔다 갔는데도 36도를 넘지 않았다

　　남들은 내가 건강하지 않은 사람으로 보는 것 같아서,

조금 기분이 오묘했던 나는 공책을 한 번 더 펼쳤다

나만 읽을 수 있는 낙서였다
너, 비문으로 가득한 인생을 살아왔구나
아무도 그렇게 얘기하지 못했다

물론 혼자 있었다

그 카페에서만큼은,

구름이라는 달콤한 케이지

1

창밖에 고개를 내밀었다. 유리에 부딪히던 비명이 물방울처럼 다닥다닥 들어왔다. 바퀴만 한 아이들이 자갈을 굴리는 소리였다. 저 자갈 위로 구름이 얼마나 지나갔을까. 구름처럼 달콤한 솜이불에 덮인 아이들이 제 몸집만 한 설탕을 부풀리고 있었다. 나는 저 구름 속에 붙잡히고 싶다는 생각을 했다. 내 몸은 단단했기 때문이다.

2

나에겐 통풍 같은 주인은 없었다. 나는 울보가 되고 싶었다. 그러나 장마가 빨리 끝난 것처럼, 가을이나 겨울이 와도 구름 한 점조차 내 위를 둥둥 떠다니지 않았다. 나는 창문만 계속 열어놓았다. 그것조차 하지 않으면, 내 몸은 좀더 단단해질 것 같았다.

3

바깥에서는 자갈 굴리는 소리가 잦아들었다. 나는 엉덩이에 꼬리가 달려 있으므로, 희미해지는 구름이 동족 같이 보여서 집을 무작정 나와 버렸다. 주인을 잃어버렸습니다.

아니, 나는 내가 누구인지 모르겠습니다, 하며 차바퀴 밑으로 일단 들어가고는 다리를 쭈그렸다. 내일 구름이 둥둥 떠다닐 확률은 과연 몇 퍼센트일까. 그다음 날은, 또 그다음 날은…

4

달콤했던 구름은 썰렁해지고 더운 공기를 담은 하늘이 나의 피부 위, 흰털로 환생했다. 나 같은 털북숭이를 좇아 케이지로 유인하는 저 사람들은 뭘까. 저곳에서 귓속말을 속삭여도 위험하지 않은 풍경일까. 뛰어노는 아이들의 신명난 비명소리를 향해, 나는 천천히 눈을 깜박였다.* 아이들이 던져댔던 자갈들이 보였다. 자갈 위로 구름이 쓱 지나갔다. 케이지였다. 케이지를 들고 온 아이들이었다. 그들은 뜨거운 어른이 되어 돌아왔다. 나는 이제 어느 곳으로도 빠져나오지 못할 것 같았다. 아이들의 집으로 들어왔다. 다시 쑥쑥 커가기 시작했다.

5

창밖에 고개를 내밀었다. 빌딩만 한 아이들이 재잘거리는 소리가 바깥까지 울려 퍼졌다. 나는 달콤한 구름 더미에

싸여 있었다.

* 동물과 눈빛을 교환할 때 신뢰성을 띄기 위한 행위.

운명이라는 벽

벽에 부딪히면 삐걱 소리가 났다 *차를 끌고 오는 당신의 속삭임이야. 아니 내가 당신에게 끌려온 주차장이야* 그건 결국엔 벽이 관통한다는 얘기이므로, 벽을 마구 내리쳤던 우리의 과거도 벽이 되었다 벽을 뛰어넘은 우리는 미래에 왔다 여기서 나는 당신을 그린 화가를 초청했다 화가는 벽과 벽이 만나면 평행한다는 수학의 법칙에 반대하는 학자로도 활동했다 따라서 벽에 색칠하는 소리가 들릴 때부터 우리는 벽 속에서 서로를 애무한다 나는 제일 먼저 안심이 들었다 너의 얼굴이 선명해질수록 벽과 벽은 만났다 접점이 생겼다 나는 어느새 당신의 손목에 가 있다 당신은 꼬리치며 말했다 *너를 여기서 주차해놓으면 너는 나라는 기름에 들들 끓어서 정신을 못 차릴 거야* 이 말을 듣는 순간까지도 나는 당신이 주차해놓은 차가 되었다 우리 모두 다 벽에 들어가 있는 배경 그림이다 따라서 당신도 차를 타고 어딜 갈 수가 없다 그림은 그 자리에 붙어 있어야 하므로 우리는 끝까지 운명인 셈이었다

넓이

박스를 만들려면 종이가 필요하지 그런데 접을 종이가 없
어서 모래라도 들었다? 그랬더니 힘이 저절로 빠져버렸어
급격히 아래로 추락한 내 눈은 어느새 바닥만을 응시했지

너 어디로 가고 있니?

커다란 박스를 들고 나타난 청년이 내게 묻는 말

이것도
질문이라고 할 수 있나

그러니까 여기저기서 봐도

청년이 들고 온 상자처럼 네모난 건물들이 줄을 서 있고
내가 있는 곳까지
어정쩡하게 따라왔어
질문은

누구나 듣지 않아도 되는 사람의 물건 같은 것
무한대의 질량으로 늘릴 수 있는 것

따라서 누구의 얘기부터 들어줘야 할지 막막했다

>
너무 많아서

나도 지금 내가 어디로 가고 있는지 모르겠어

말하는 순간까지도
무수히 많은 박스가 열리는 소리

그러니까
너 지금 어디로 가냐니까?

그 답을 찾기 위해
나도 누군가에게
박스를 들고 있는 청년일지도 모르겠다

넓고 넓은 땅 위를 왔다 갔다 하는 물건

차가운 마음

울창한 숲을 혼자 차지하는 마음을 혹시 알고 있나? 팔을 뻗을 때마다 손끝은 무성해지고 아무것도 든 게 없는 가방을 사서라도 내가 갖고 있던 나뭇가지를 모조리 부러뜨리고 싶은데

어떻게 해야 할지 몰라 울고만 있네 몸 밖으로 공기가 새고 있는데도

누나, 나를 자꾸 비웃는 것 같아 짜증 나.

차가운 바람이 손톱에 부딪히고 도끼로 나무를 가르는 나무꾼이 바람에 실려 들어와 숲,이라는 이름을 풋,이라고 거꾸로 발음하는 이곳에서 누나는 나보고 죽으라고 하는 걸까

분명 발밑에는 아무것도 없는데
나뭇잎 바스락거리는 소리가 갑자기 들려

위를 올려다보니
나뭇가지에 매달려있던 잎들은 어느새 사라지고

나는 누나가

얼마나 그 잎들을 짓밟느냐에 따라서
마음이 얼마나 차가운지를
배우게 되는데

숲을 온몸에 씌운 나는
침과 어우러진 쓰레기를 버리며
다쳐왔던 마음을 털어놓네

여기는 곧 더러울 예정이야.

논산 성삼문 묘길

풀이 무릎 위까지 자랐다 이곳의 환영 인사는 항상 이런 식이다 묘역 가는 길 초입에 다다르면 말에서 내려와서 걸어가야 했다 신분 여하를 막론하고 무조건 도보!

저 멀리 돌계단이 보여
조선 8도에서 멀게 느껴졌다 사지가 찢긴 뒤에도 한쪽 다리마저 절단되었을 그를 보니

머리가 아파왔다 고개를 넘어 운반하던 역사 속에서도 독설을 들은 일화가 있었다?

가족은 그럼 어디로 갔는데요?
물어볼 틈도 없었다
그를 무조건 아무 데다 묻으려고 했으므로

그는 모질게 땅에 묻히고 나서야
훈민정음 반포에 큰 기여를 했다고 인정을 받았다

당신의 사지를 기리기 위해
풀숲에 재실과 묘를 세우겠다

이 흔한 문장을 만드는데 필요한 재료를 떠올리자면

그는 왜 논산까지 쫓겨나야 했는가
따질 틈도 없이
곱게 잠들어버린 사람이라고, 현세現世가 한탄했다

팡파르

아침을 숟가락으로 뜨면 이를 악물고 있는 나의 입술이 떠오른다 *여기는 물 밖이야*, 의자의 앞발을 부러뜨리고 거울 유리가 깨지도록 생선 아가리를 칼로 문지르며

가짜로 사랑하는 자세가 무엇인지
배우고 또 배우는데

앙상한 철문으로 장식한 바다 건너편에선 당신이 그물에 또 잡혀서 온다 한 번도 스스로 이를 닦아본 적이 없는 당신에게서 비린내가 나는 이유인 거지

한 번 나는 냄새는 환원되어도 그 냄새여서, 속물에다가 코를 대는 순간을 박음질한다 나만 느낄 수 있게

아무도 당신을 건드리지 않게
사랑한다고,
당신의 온몸에 붙어있는 살을 떼며
은근슬쩍 맛을 본다

여기, 은은한 바다가 펼쳐진다

나의 입 안에는
이미 여러 행사가 펼쳐지고 팡파르가 울린다

우리에게 바람일 뿐

안경을 벗고
홀로 길거리를 거니는 사람이 있습니다
두말없이 당신이라고 불러야 되는데요

여기서 아내를 본 적이 있나요?

가게에서 커피를 마시고
어디론가 떠났다는 그녀에 관한 소문에 대해
당신은 묻고 또 묻습니다

그러나
아무 데도 가지 않았을 거라 믿었던 당신에게 오는 도돌
이표
안경테를 다시 쥐어야 되는 심정

당신 아내에 대해서 굳이 알고 싶지가 않아요
그저 우리에겐 당신은 바람일 뿐
바람은 바람을 만나면
그때서야 자취를 감추는
시간

'당신에게 필요한 건 무엇?'

>
　　그 심정을 다시 또 얻으며
　　밖으로 나간 당신은 안경을 씁니다
　　보이지 않았던 것들이 자꾸 보이기 시작합니다
　　아내가 보입니다
　　바람 속으로 홀연히 모습을 감춘
　　장난 같던 시간

　　초점이 나가기 시작합니다
　　당신도 누군가가 애타게 찾고 있는 한 사람이 됩니다

　　아내가 찾고 있는 사람
　　당신을 부르고 있지만
　　듣지 못하는 당신에게서

　　이 세상 사람이 아닌 사람도
　　보이기 시작합니다

딜레마

　고양이가 사라졌다

　사라진 고양이를 찾으러 온 사람들의 뒷모습까지 그림자
로 위장한 웅덩이 속에 빠져버렸다 고양이를 지켜보고 있
던 두 눈까지

　너의 주인은 누구니?

　돌아오는 대답은
　함부로 해석하기 애매한
　고양이의 울음소리

　누구라고 말하는 것 같았다 사람들은 머리가 빙빙 돌고
있었고 앞으로 나가면 눈을 감고 있던 고양이가 갑자기 돌
진했다 발톱으로 무진장 할퀴자마자 도망갔다

　도망가는 뒷모습을 쫓아오는 사람들은 반쯤 죽었고 죽은
사람들은 웅덩이가 되어 뒤이어 나타나는 사람들의 발바닥
을 끌어내렸다

　네 이름은 누구고, 어디에서 왔니? 또 물어보면
　대답하는 시늉만 보였다
　집을 찾고 있는 고양이의 애처로운 눈동자에 현혹된

굴러가는 운명

커튼을 연다

창문 밖으로 펼쳐진 농원에는 깃발이 띄엄띄엄 꽂혀 있다
하얀 커튼 사이로 달아난 햇빛 속에서도 비틀거리지 않는
다 이것들은 내가 나에게 고하는 경고이자 운명일 것이다
말 한 마디를 덧붙일수록

어디선가 공이 등장한다
춘철같이 구르는

구멍 밖에 우뚝 서 있는 깃발

더 이상 움직일 수 없다는
항복

그 안에 굴러가는 공이 있다 내가 그 공을 주우면 번복이
되지만 위험을 무릅쓰고 깊숙이 그걸 도로 넣어버린다
내가 내 손으로 꾸민 운명에게 잡히기가 싫어서

눈 깜짝할 사이에
커튼을 다시 닫고
세상은 데굴데굴 굴러가는 운명을 가진 지구본이 된 것처럼

지구를 손으로 직접 만질 수 없게 되자
깃발로 환생하는 운명을 어딘가에 더 꽂아두며
죽음을 생성한다
나는 이곳 어딘가에 태어나고
다시 굴러 들어갈 구멍을 향해
내리꽂는다
겁을 먹지 않기로 한다

다시 한번 커튼을 열어본다

썩은 나무만이 위치해 있는 농원 어딘가에 큰 구멍이 있다
그곳으로 얼른 들어가 보니
지구가 병에 걸려 죽을 거라고 한다

그것은 다시 살 수 있지만
되돌아가는 시간이란
무한대다

깃발을 몇 개 더 꽂아야 할까
생각해볼 시간은 부족하고

부족한 마음이 씨가 되어

땅을 더 파고 있다
쥐구멍이라도 찾아서
그곳으로 들어가려고
애를 쓴다

긴장을 늦출 수는 없다
운명은 운명을 뒤바뀔 수 있으므로
쉬지 못한다

이대로 돌아가지 않는 지구를 생각하며

4부

온몸으로 사랑하기

눈물 자국이 복도를 안내했다 매일 그곳에 들어가는 방식으로 출석을 대체한 나는 내 손으로 흐느끼는 그림자를 채집했다 밑을 보지 않아도 될 만큼 애인과 마지막 인사를 나눴다 온몸으로 안아주는 시간이 얼마나 소중한지 그때는 몰랐다

한때는 비가 오는 날씨를 기다렸다 겹겹으로 쌓인 빗방울에게서 도망치는 당신을 떠올리자면 눈이 감겼고 나를 스친 사람들은 하나같이 내가 미쳤다고 손가락질을 했다 그들은 각자 애인을 옆에 끼고 다녔고 나는 점점 말라갔다 구름이라는 혈소판을 억지로 떼 가는 사람들 사이에서 온몸에 피멍이 들 때까지 해가 떨어뜨린 발자국을 그대로 밟은 채 앞으로 걸어 나갔다 구름이 점점 모여들기 시작했다 재회의 순간이다

내 등을 쓸어갔던 당신의 손목이 하늘에서 추락하면
비가 내렸다
바깥에 혼자 덩그러니 서 있던 나는 우산을 쓰지 않고 그대로 흠뻑 젖었다 이것이 교감이 아닐까 하며

빗방울은 나 같은 동족을 만날 때마다 하나의 몸으로 다시 태어났고 겹겹이 쌓인 나의 눈물은 당신에게서 빠져나오질 못했다

사랑받기 위해 태어난 사람

어깨를 툭툭 건들어도 미동도 하지 않는 사람들이 있다 그들은 몸이 차갑다 온몸이 부들부들 떨리도록 바람을 모은 손으로 글을 쓴다 *여기는 내가 앉을 자리야* 코앞의 미래를 어떻게 계산하는 줄도 모르면서 이론만 배운 그들은 자리가 있든 없든 불합격이다 그러니까 몸에 일부러 힘을 주지 않아도 시간은 저절로 허비되기 마련이다 그러는 와중에도 부동자세를 취하는 사람들은 천장에 매달려있던 전구가 깨져버려도 사랑받기 위해 태어난 사람, 누군가 어깨를 툭툭 건드리며 너 마음에 든다고 얘기를 듣는데, 이것은 합격요인이다

언덕

제때 돌아가지 않는 풍차 앞에서
숨이 새고 있다
그래서 바람의 언덕*이라고 불리는 걸까
나무가 언덕중턱에서 헤매는 동안,
빨갛게 익은 곶감이 가지에 매달린다

뿌리 깊은 나무의 그림자가
별을 이불로 덮힐 시간이 오면
나는 고요히 구름이 걷히는 언덕에서
눈물을 흘리는 잠꼬대를 한다
별은 매일 밤마다 물이 넘치도록
언덕을 휘젓기 때문이다
피 같은 물살을 헤치고 온 바람처럼
비린내가 나지 않는 언덕에서는
벤치를 감 씨앗처럼 심는 숨소리가 있다
마치 아버지가 안고 오는 곶감이자
물집이 잡힌 그의 발바닥 같다

아버지는 구름이 걷힌 언덕길을 거슬러 오르며
출근 절차를 밟기 시작하는데
나는 그런 아버지에게서
무좀을 물려받는다

>
아버지에게 나는
바람의 언덕에 있는 벤치인 걸까

벤치에 앉은 지 얼마 지나지 않아
그새 졸고 있는 그의 발밑에선
빨갛게 익은 곶감나무와
풍차가 돌아가는 언덕이 보인다

* 경남 거제시 남부면 갈곶리 산14-47

바다라는 단어를 기억해

　바다라는 단어를 떠올리면 눈앞에 바다가 펼쳐진다 양말을 벗고 발가락 끝에 물을 묻히던 순간을 기억해? 도돌이표가 가득한 편지만 들고 오는 네게 묻는다 너는 입술을 내민 채 바다에 다시 뛰어들고 내게로 온다 너도 나에게 바다로 불린다

　나의 몸은 너를 안아줄 때마다 축축해지고 너는 묽게 변한 슬픔을 온몸에 끼얹는다 우리가 서로에게 가져다줄 편지 덕분에

　크든 작든 새 여러 마리를 곱게 접어 하늘로 날려 보낸다
　이게 바로 우리가 서로에게 회신하는 방법이므로

　처음과 끝을 함께 하는 것처럼
　파도가 저 멀리서 또 오면

　우리는 털썩 주저앉는다
　여기서 서로의 이름을
　힘차게 불러줘야

　무릎에 멍이 든다 살짝 스치기만 해도 잠시 다녀왔던 파도 때문에 물이 나온다 새의 부리에 편지가 담긴 병을 물어

줬는데도 네가 그걸 받아 챙기지 못했다는 걸 생각하면 통
증이 온다

　내 이름이 다시 불릴 때마다
　파도가 너를 업고 오는데

　잠시나마 숨을 내쉬고

　울부짖는다
　내가 너에게 써준 편지를 읽은 적 있니?

　아무도 대답해주지 않는 듯
　바다는 다시 평온해진다
　네가 너 스스로를 담지 못하는 순간이 온 걸까

　나도 왠지 모래사장에 홀로 돌아다니다가
　온몸이 녹아버릴 것만 같다

고통이라는 허락

허락한다면 고통에 대해서 말하고 싶어*

조용히 종이에 적어서 너의 호주머니 속에 넣어뒀지 너는
손이 축축해질 때까지 종이를 만지작거렸고

나는 손에서 꽃이 피어나도록 얘깃거리를 더 적어서 너에
게 또 보냈네 귀가 전혀 안 들린다는 너의 고통을 대신 풀어
주고 싶어서

눈물을 흘리지 않으려고 일부러 다른 색깔의 눈동자로 망
막을 가렸다 내가 너의 귀가 되어야겠다고 생각해서

어깨를 붙잡고 네 귀를 부여잡고 소리를 크게 질렀지만

내가 겪고 있는 고통이 바로 이런 거란다
아무것도 들을 수 없다는 것

너는 무슨 말이라도 해야 고통을 덜어낼 것처럼 보였다
그래서 나는 좀 더 목소리를 높였지 허락이 되었다면 고통
이 무엇인지 좀 더 말하고 싶고 없애주고 싶어

* 한강의 시 「피 흐르는 눈 3」 첫 행에서 따옴.

또 다른 이름

엉덩이를 안착시킬 만한 자전거가 필요했다
발에 바퀴가 달려있는 것처럼

손이 기웃거리는 곳마다
너의 목소리가 들렸다
네가 제일 듣기 싫어하는 별명을 내가 부를 때

손바닥으로 등을 가볍게 후려치려는 너에게
바다 냄새가 났다
두 발을 함부로 담가도 될 만큼

모래 위에 그림을 그려서
너를 그곳에 초대했는데
잽싸게 우릴 먹어 치우려는 파도를 만났다

나는 여기서부터 저 끝까지
너의 별명을 외치면서 질주하다가
저절로 다리가 풀렸다

모래바닥에게도
숨겨진 근육이 발달했던 걸까

>

너를 자전거에 태운 뒤부터
너의 이름이 아니더라도
너를 부를 수 있는 글자를 쓴 곳에서
모래 섞인 바람이 불어와
눈을 가렸다

등도 따가워서 뒤를 돌아보면
숨겨진 이름이 있는 네가
바퀴에 펑크를 내고

내 이름을 다시 지어주겠다며
모래바닥에 누워 팔을 휘저었다

마이 러브, 아이스

혀로 핥을수록 녹아내리는 경계심을 얼음이라고 불렀다
나는 그걸 입에 물고 다니는 아이를 따라다녔다 아이의 입
에서 아삭아삭 소리가 났다 사랑받고 싶다는 뜻이다 그 뜻
이 무엇인지 궁금한 척, 아이를 계속 쳐다보았다

　우리는 다양한 계절을 건너고 있는데
　내 몸은 작아지고

　아이는 점점 커져갔다 몇 살인지 분간도 못할 만큼

　사랑받고 싶을 때
　냉동실을 열었다
　씹어 먹어야 할 얼음이 그곳에서 대기하고 있었다

　아삭아삭

　아이의 몸에서 마술사가 등장했다 마술 지팡이를 가지고
이곳저곳에 도약하는 나는 점점 허리가 굽어지고 턱에서까
지 수염이 나고 아이는 나의 뒤를 졸졸 따라다녔다
　입 안에 뭐가 없을 때마다
　얼음을 꼬박꼬박 씹어 먹었다

>
아이의 손을 잡을수록
계절은 지나가고

흘러가는 계절 속에서 홀로 아이를 챙긴 나는
어느 순간 아이에게서 사랑을 더 받게 된 채
왜소해졌다

내가 아이보다 얼음을 더 먹고 있었다

러닝

　두 개의 발을 하나로 묶어놓고 가로등 밑을 거닐다 보면
일직선으로 뻗어있는 그림자가 움직이지 못하는 걸 보게
돼요 고개를 쉽게 떨구지 못하는 버릇이에요 나는 변두리
에서부터 누군가의 어깨에 걸치게 될 빛이 됩니다 빛은 빛
으로 남게 되는데요 이름도 가지지 못하고 내쫓김을 당하
는 거리 저편 어딘가 발을 쭉 뻗고 동동 구릅니다 바닥보다
더 아래에 있는 바닥을 향해 굴을 파야 될지도 모르겠습니
다 아무튼 더 비좁은 골목에서도 빛은 똑같이 날 테고 그 빛
은 다른 빛들의 손을 잡아 하나의 별자리로 이룩하고 있을
거예요 우리는 그걸 보면서 두 개의 발이 하나가 될 때까지
오늘도 달려가는 겁니다 거기가 어디인 줄도 모르고

통통함을 드립니다

지우개로 충분히 지우지 못한 얼룩을 문질러보면 구두 한
켤레가 내 손톱에 끼게 된다 때 낀 세월이 몽롱해질 때

내 이름을 까먹기로 한 나는
제때 사랑받지 못해서

오늘에 관한 일기를 쓸 때

좀처럼 오늘을 까먹지 않았다 오늘은 얼마를 떼먹었고 누
가 내 뺨을 때리고 도망쳤는가

그것은
아무도 궁금해 하지 않는 일이어서

나의 눈, 코, 입이 작아지고 볼때기가 찔 때까지
낙서를 해 놓은 공책을 또 펼쳐보면

내 손으로 닦을 만한 구두가 전시되어 있었다

어떤 것은 먹음직스러워 보였고, 또 어떤 것은 없애버리
고 싶었지만

>
영원히 사라지지 않는 게 기억이라고 해서
누가 그런 걸 탄생시켰나

오늘 일기를 또 쓰는 나는 통통해졌다

Blue

파란 물감을 쥐어짜 놓은 병이 탁자 위에 있고 그 앞에 너를 앉혀놓은 내가 파란색으로 너의 등을 칠해놓을 때

쨍그랑
병이 깨졌다

어쩌면 우리는
같은 사람일 수도 있겠구나

갑자기 외롭다고 전화를 한 어느 누군가의 목소리처럼

활짝 열어놓은 창가에 내가 가면
네가
커튼 사이에서 나타날 때

밤은 검은 게 아니라 파랗다고,

파란 새가 너의 등에 둥지를 트고 짹짹 울고 있을 때

나는 아무렇지 않은 것처럼
새를 뒤에서 받쳐 주는 구름 떼고
노란빛이 의외로 서글퍼지는 보름달이고

선뜻 떼어 갈 상황이 아니라서
오락가락하는 별들 중 하나인 것

슬프다는 걸 알면서도
묵묵히 지나쳐야 하는 슬픔을 느끼는 순간은 죽지 못하고

파란 멍이 들었다

라벤더의 끝

　세탁기를 보면 마침표가 없는 문장이 떠오른다 그것은 며칠씩 밀린 빨랫감이 틀림없다 세탁기가 돌아가는 시간 속에서 말과 말 사이의 거리를 좁히고 라벤더 향을 뿌리고 있다 몸에 밸 것 같아서 돌아갈 지경이다 시간은 멈추지 않고 흐른다 라벤더 향이 나는 것들에게는 축축한 공기를 선사하는 특효가 있다 마르면 사라질 듯 보여도 어느 순간에 뚝, 하니 떨어질 소재 문득 얘기하고픈 문장이 되어 헝클어진 옷 속으로 도망친다 나는 덜 말린 말투의 재질을 살피기 위해 세탁기 속으로 빨려 들어간다 말하다 만 문장들이 그곳에서 젖어있어야 하는 사람을 꿈꾸고 있다 목소리가 들리지 않을 바깥에서부터 라벤더 향이 발사된다 방 안 벽지는 흐물흐물해진다 한 문장마다 욕심을 부리면 내 마음은 확산이라는 이름을 가진다 이름을 부르는 이름의 성격은 누군가의 곁으로 말려 들어가고픈 욕구로 가득하다 누가 말투를 툭, 건드릴 때 천장이 뚫릴 것이다 바깥에도 은은한 향이 나야 되니까

5부

고드름

지붕 끝에 고드름이 매달려 있다 고드름은 재미가 없는 동물이다 누가 건드리지 않아도 혼자 울음을 터트리고 바닥으로 온몸을 날려 보낸다 그래서 표정도 알 수 없다 얼어 있는 몸 그대로를 조각하는 사람이 옆에 있다 그 사람은 동물 옆에 있어야 빛이 난다 몸 안에 쌓인 물을 밖으로 대신 흘려보내 주는 임무를 가진 탓이다 그래서 좀처럼 표정을 밝혀주지 않으려는 부작용도 가진다 얼음의 세력을 가진 사람들의 얼굴이 곳곳에 숨어 있다 그들은 서로의 빛을 공격하다 데미지를 입혀야 각자 지니고 있던 능력치를 끌어모을 수 있다 물로 진화하기 위한 작전이다 그래서 하루가 다 가도 녹지 않는 것이 있다면 그것은 슬픔이다 들키고 싶지 않으니까 눈이 빨개질 때까지 참는다 그래서 그런 슬픔을 가진 사람들이 왔다 간 자리에는 움푹 파인 흔적이 역력하다 그곳이 추락사하기 직전까지의 경로이자 구역이다 아무도 모르게 접근금지구역 푯말을 꽂은 사람들은 또 다른 슬픔을 지고 멀쩡히 매달려 있는 얼음을 겨냥한다 언제부터 서로 잡아먹히는 관계에까지 이르렀을까? 묻는 사람들에게도 슬픔은 있다 그러니까 고드름은 제 몸을 녹여야 편안히 죽을 수 있다 아무도 신경 쓰지 않으니까 냄새가 난다 사람이 사람을 없애고 정리 정돈도 하는 능력을 가진다 이것이 바로 서로 숨기고 있었던 마지막 찬스가 아닐까 손을 들고 항복을 외치는 사람들처럼 물로 고문을 당한 집이 점차 늘어난다 이 시간을 가지고 어떻게 계절이 흘러가는지 파악할 수 있다 꽃을 피우고 나무를 심게 한 원인은 고드름에게 있다 고드름은 밑으로밖에 도망칠 줄 모르는 동물이다 땅속으로 들어가면 다른 어떤 무언가로 환생할 수 있기 때문이다

불청객

　세수를 할 때마다 문득 지나가는 불청객이 있다 그 사람은 내가 무얼 하든 도망치지 않는다 그래서 나는 물속에 얼굴을 넣다 빼고 세면대 앞에만 집중한다 입술이 좀처럼 닫히지 않는다 내가 말을 할 수 있게 그가 도와주는데 이빨 사이로 고춧가루가 보인다 이 고추를 재배한 사람은 누구이고 어디에서 왔는가 생각을 하니 눈이 점점 매워진다 그 사람이 다녀갔을 카페에서 무심코 나와 같은 이름을 가진 누군가를 본 것처럼 나는 누군가에게 내 이름을 빌려준 적은 없다 그렇다면 그가 나를 위해서 커피를 타다 주려는 걸까 나는 아무것도 하지 않아도 무언가와 자꾸 엮이게 된다 뭔가 이상하지 않니? 그런 생각이 들 때 수건을 들고 화장실로 간다 물속에 얼굴을 넣다 빼고 가만히 세면대 거울을 본다 김이 올라온다 내가 모르는 그 사람이 자꾸만 내 몸에 달라붙어서는 너를 살려주겠다,고 얘기하는 것 같다 따라서 나는 내가 좌절감을 느낀다고 생각하지 않지만 내가 해왔던 것들이 좌절을 의미한다고 그가 말하는 듯싶다 언제까지 네게 붙어 있을지 모른다고

포르투나*가 살고 있는 소행성

포르투나에게 뜯긴 잎사귀처럼
우리는 무슨 말이라도 나오면 다리를 움직였다

거실 한편에 과실 나무가 심어졌다 과실 나무는 포르투나의 눈동자처럼 반짝거리는 열매를 쥐고 있었다 열매는 천체 속에 가려진 우리의 다리가 아닐까, 생각하는 우리는 곧장 일기를 썼다 일기 속의 문장들은 덜덜 떨렸다

마음이 튀어나올수록
천체 속에 가려진 우리의 다리는 반짝거렸다

별이 몰고 오는 차에 치여 죽고 싶은 우리의 심정이다

아무것도 없는 가방을 메도
포르투나의 눈동자가 달려 있을 것만 같았다

어느 나무의 과실로 다시 태어날까
일기장의 모서리 안팎에 떨어지지만

깨끗이 지워지지 않는 자기소개서 속의 글씨처럼
우리는 빛을 부수고만 있었다

* 운명의 여신.

휠체어, 폭포

아이들은 물고기가 되어 떠돌아다닌다
물속에 담긴 돌들 사이로 들어가면

물이 흐르는 귀 언저리로
자잘한 돌들 같은 귀지가
고막 가까이에 들어온다

숨소리의 행방이 묘연해지면
물고기들은
떨릴 팔다리조차 없어서
뿌리 깊은 나무로 환생한다

귓속으로 들어간 돌들은 나뭇잎처럼
한순간에 절박해지는 시간의 음파가 되어
아이들의 고막을 찌른다

메아리라는 폭포수에 휩쓸리는 아이들

다음 차례로 돌을 주우러 온 아이들에겐
미끼가 된다

휠체어에서 넘어지는 속도는 순식간이니까

>

건너편 산마을까지
폭포가 흐른다

마을이 물에 잠긴다

편안한 물길

하얀 물때가 나올 때까지 얼굴을 씻었다 눈을 스쳐 갔던
손가락들이 쪼그라졌다 도망칠 길이 없어졌다 이것은 실상
이다

어제도
세수하기 위해 놓아둔 세숫대야에
종이로 접어뒀던 배가 떠다녔는데

나도 그곳을 맴돌고 있었다
갑자기 죽고 싶은 마음이 들어서
배에 타는 순간,
물속으로 가라앉았다
여기서 새로 태어나라는 걸까

물의 색깔은 갈수록 투명해졌다
내가 온종일 돌아다녔던 물길은
나만 쳐다봤고
하얀 빛들이 그곳에서 새어 나오면
천사가 아닐까
그런 생각을 하며 눈을 부치는 시간이
가장 편안하다고 느낀 나는
두둥실 떠다니는 구름이라고

물길에게 이름을 지어주었다

나는 그것을 매일 올라타는 습관을 가진 채
세상에서 제일 깨끗한 얼굴을 꿈꿨다
그러니까 눈을 크게 떠도
때가 끼지 않은 풋풋함,
누군가를 위로할 수 있다는 감정만으로
사시사철 움직이는 마음

물을 볼 때마다 느끼는 생각은 도망치지 않고
정면을 바라보는 사람의 얼굴을 응시하며
깨끗이 씻겨줘야 하는 죄를 타이른다
그것이 나를 움직이게 하는 비법이다

앞으로

발에 바퀴를 달고 싶어

미세한 별까지 관측할 수 있는 망원경처럼 조용히 입을
다물고 있는 인간이라는 문장이 환히 보일 수 있다면 얼마
나 좋을까

너는 유심히 보고 있다
처음으로 남의 손을 잡아봤다는 얘기까지 한 나를

어떻게 해야
좀 더 안심시킬 수 있을지 고뇌에 빠진다

첫발을 내딛는 곳이라면
얼음보다 더 미끄럽고
어지러운 세계임이 분명해

그럴수록 나는
너에게 의지하는 법을 배우기 위해 스케이트를 배우고

끝이 날카로운 세계를 나란히 걷는 순간을 문장으로 바
꾼다면
우리 앞으로만 쭉 걷자, 라고 말할 것이다

>
　뒤를 돌아보는 순간
　평평한 땅도
　위험지대

　아무도 응원해주지 않을 것이다, 는 말버릇이
　무슨 뜻인지 알 것만 같고

　그 뜻을 잊어버리기 위해
　너의 손을 꽉 잡고 있는
　그림자가 내 밑에 보인다

고열

잔디밭에 눕자마자 잔디가 되는 꿈을 꿨다

너는 조금 더 생각을 해보겠다고
말하기가 무섭게

죽어가는 사람들이 입원해있는 병동을 떠올렸다 한 번도
아파본 적이 없는 내가 산소호흡기를 끼는 꿈에서도 너는
조금만 시간을 더 달라고
말하기가 무섭게

파릇파릇한 풀밭에서 뛰어노는 아이들의 미소 같은 미끄
럼틀을 타며
놀고 있었다

이것은 하나의 열의에 불과했다

열이 쉽게 오르는 몸
너와 함께 누웠던 잔디밭은 어느새 흙으로 무장되고 모래
로 뒤덮인 먼지 속에서 아픔을 얘기하던 너는 조금 더 참아
보겠다고
나를 설득했다

\>
　나는 너의 품이 그토록 거칠 거라고는 생각도 못 했다 누가 한 번쯤은 짓밟고 갔을 너의 몸을 보니

　너는 조금 더 밟혀보겠다고
　말하기가 무섭게

　열이 올랐다 우리는 하나의 몸이 된 것처럼 같은 꿈에서 나오질 못했다

　누가 우릴 밟고 갔다
　말하기가 무섭게

　또 다른 잔디가 보였다
　그것은
　우리의 뒤를 따라온 제3자의 아픔이었다

수습

발만 동동 구르는 아이처럼 밑을 사랑해야 할 때, 고개를 어떻게 들어야 할지 몰라서 벤치에 앉아 있는 너는 온몸이 하얘지고 있다. 이별을 준비해야 하는 사람이 여기에 나타난다.

몸에서 빠져나오는 빛이 거울에 반사될 때
너는 천천히 눈을 가린다

눈이 감겨질 때까지
목소리가 되돌아와도

다급히 뛰고 있는 심장

손가락으로 정적을 물리친 뒤에야

너는 너의 몸을 수습한다

네가 다녀갔던 자리에는
검은 가운을 입은 사람들이
누군가를 보낼 준비를 한다

빛으로 변신하는 너를 어떻게 사랑해야 할지 몰라서
눈을 떨군다

축축해진 땅바닥과 금이 간 거울… 다 네가 남기고 간 세월 중 하나이다

생선처럼

손가락을 부러뜨리기 전에
횟집에 들어갔다

칼이 도마 위로 떨어지는 소리가 들렸고
숨을 쉬지 못하는 생선들의 내막은
핏물로 얼룩져

마치 나를 죽이려는 것 같아
뒤로 물러났다

나는 아직 더 살아야 하는 사람이다
무슨 이유인지 나도 모르지만

이유를 알아가기 위해
살아가는 삶을 택한 나는
그물 밖으로 달아나는 해산물을 보며
애꿎은 손가락만 빨았다

그들의 숨구멍을 조여야
나의 입 속으로 넘어간다는 걸 알기에

누군가의 마지막은

누군가의 입맛을
다스리게 했다

뜨거운 탕 속으로 숟가락을 빠뜨리며
온몸을 축이는 사람들

그들에게서도 부러뜨려야 할
손가락이 있는 걸까

물수건이 스쳐 지나간 곳에는
활기가 넘치고
흥이 돋았다

0-0

보름달이 두 개나 떴어

$0+0=0-0$

동그라미를 두 눈보다 크게 그리고 가위로 오려서
창문에 걸어두었거든
노란색 물감을 커튼처럼 덧칠도 했지

눈을 비비지 않아도
눈을 잘 보이게 하는 눈으로

몰래 밤거리를 걸으려고 하면
구름을 손으로 옮기기도 하고 옆집 아저씨가 좋아하던 인
형 아가씨가 춤을 추는 오르골 소리에 발을 동동 구르기도
했는데

다음 날 귀가 먹먹했더군
어제 학교에서 치렀던 받아쓰기 점수는
동그라미

리듬에 몸을 맡긴 나도 동그라미가 되었어

>

동그라미 속에 엄마를 그려 넣으면
엄마는 나의 애물단지

우리 같이 노란 과즙을 눈물처럼 뚝뚝 흘려보았지

눈을 뜰 때마다, 우리는
별과 별들이 서로 손을 맞잡을 때까지
보름달 안에서 왈츠를 췄어

눈곱을 빼지 못하는 날들

물로 흥건한 옷을 만지니까
눈이 가엽다

얼굴에 피멍 자국이 등장한다

손이 오가는 곳마다
눈앞은 점점 흐릿해지고

검고 빨간 손톱에 때가 껴도
자전거 바퀴에 발등이 껴도
울음을 그치지 않는 내가
온종일 대기한다

차마 눈 뜨고 보지 못할 풍경이라고 한다면
나를 포함해도 되겠다

나는 내가 함부로 빼지 못하는 눈곱이다
여러 번 비비고 나면
길거리를 전전하고 있을 것이다

누군가의 손에서 케어를 받았을 내겐
너 어디로 가는 중이니?

물어볼 사람도 없다

슬픔으로 전염되는 슬픔이 뒤따라오는 게 싫어서
눈이 가엽다

다시 그걸 빼내야 하는 것도 포함해도 좋겠다

파란 고열, 무색의 탈출

최은묵 시인

파란 고열, 무색의 탈출

최은묵 시인

  흔들리는 것은 저마다 소리를 낸다. 이것을 몸짓의 언어라고 한다면 각각의 사물이 몸짓으로 건네는 고유한 언어는 시인의 몸을 통해 번역되는데, 한 권의 시집은 시인의 세계를 들여다볼 수 있는 투명한 통로인 셈이다. 시집을 휘감은 숱한 흔들림, 그런 진동을 몸으로 읽는 일은 쉽지 않다. 특히 이충기의 시처럼 그 진동의 시작이 무언가의 '밑'이었을 때 불쑥불쑥 폐부를 비집고 들어오는 고민은 공감보다 공유에 가까운 '질문'이어서 어둡고 무거운 색깔을 지닌다.

  시집 『사랑받기 위해 태어난 사람』에서 '흔드는'과 '흔들리는'의 차이는 커다란 화두이다. 자명한 사실은 흔들림의 주체에 따라 갈등의 형태가 달라진다는 점이다. 그리고 이러한 갈등이 일인칭으로 발현될 때 그것이 지닌 파급력은 더욱 짙다. 이충기 시인은 사물의 언어를 받아 '나'를 통해 환원시키는 과정에서 끊임없이 세상에 질문을 던진다. 이때 '나'는 하나의 치환된 세계이며 그 세계의 언어는 시인이 보여주고자 하는 몸짓과 같다고 봐도 좋을 것이다.

그렇다면 시인의 몸짓은 무엇일까? 「폐가」는 이러한 물음을 유추할 수 있는 방향을 얼마간 제시한다. "산산조각이다", "경계가 무너지고", "울고 있다", "물어뜯는다", "부서진다", "가로등이 없는" 등의 언어는 시집 전체를 지탱하며 이끄는 '나'의 색깔을 느끼기에 부족하지 않다. 과거에 대한 갈등과 미래에 대한 불확실성은 현재라는 정체성에 무수한 질문을 쏟아낸다. 그리고 증폭된 질문은 '나는 누구인가?'라는 근원적 물음에 맞닿는데, 이것이 이충기 시집에서 또 하나의 축으로 작용하고 있다.

무언가에 혹은 누군가에게 끊임없이 질문한다는 건 시가 지닌 방향성 중 하나이다. 질문에 질문을 얹는 행위는 어떤 '겹'을 만드는 것이고, 겹과 겹 사이에 숨겨진 사유는 마치 상처가 아물며 생긴 딱지 아래 새살처럼 조심스럽고 은밀한 가치일지도 모른다.

발을 씻자마자 물속으로 도망치는 저 때를 보았다

눈에서도 빛은 스며들었고 먹은 빛의 양만큼 없어져 가는 오늘은 시간이 부족했다 시간이 부족한 만큼 누가 자꾸만 내 손에 비누칠을 하고 도망갔다

나와 마주하는 거울 속에서도 자정이 왔다 빨려 들어갈 것만 같았다 저기는 내가 안내받을 곳도 없는데 일부러 나에게 질문을 한다

너, 누구니?

이별하는 사람의 손을 잡으려는 사람처럼 거품으로 얼룩진 나는 이곳저곳을 살펴보았다

좀 전에 있었던 내가 씻겨나가듯 사라지고 있었다
이제 그를 찾을 수 있는 사람 아무도 없고 나는 이제 오늘에 위치해 있는 사람이 되었다

나를 부를 수 있는 유일한 사람은 여전히 내일에 머물렀다
　—「없어져 가는 오늘」 전문

"자정"은 "오늘"과 "내일"의 경계다. 0시가 되는 순간 지금까지의 오늘은 사라지고 새로운 오늘이 다가온다. 그러므로 "오늘"은 끊임없이 사라지는 과거이며 동시에 끊임없이 이어지는 미래이다. 다시 말해 어제도 오늘이었으며 또 내일도 오늘이 된다는 사실은 내가 나에게 던지는 질문의 기한이 무한임을 말해준다. 그러므로 "너, 누구니?"라는 물음은 낯설고 새로운 것이 아니라 지속되는 의문이다. 어쩌면 나에게로 향하는 질문과 나에게서 찾는 해답의 모습은 동일한 이미지일지도 모른다. 지나간 오늘을 통해 파편적인 '나'의 모습을 확인할 수는 있지만 그것으로 해답을 얻기는 쉽지 않다.

시는 여기쯤에서 이미지를 지닌다. 사라지는 오늘을 인지하는 순간은 "발"을 씻을 때이다. 화자의 눈에 시간은 단

순히 사라지는 것이 아니라 "도망치는" 것처럼 보인다. 이 것은 내가 나에게로 닿는 시간이 부족하다는 것과 동시에 나에게로 향한 질문의 연속성을 의미한다. 그러므로 "자정"은 "좀 전에 있었던 내가 씻겨나가듯 사라지고" 새로운 "오늘에 위치해있는 사람"이 되는 순간이다. 해소되지 않은 질문은 변함없이 오늘이다. "내일"은 막연한 해답이고 "나를 부를 수 있는 유일한 사람"과 "나"의 공간은 여전히 겹쳐지지 않는다.

결국 지나간 시간을 거슬러 '나'를 살펴보는 일은 당연한 수순일지도 모른다. 지나간 오늘을 통해 다가올 오늘을 떠올리는 과정에서 꿈틀거리는 갈등과 부딪치는 일이 이충기 시인이 쓰는 시의 에너지라고 볼 때, 이런 공간에서 발생하는 진동을 옮겨 적기를 주저하지 않는 시인의 행보를 따라 읽는 것은 흥미롭다.

나는 언제쯤이면 이 집에서 탈출할 수 있을까요?
돌아가지 않는 시간과 어울리는 단어는 커피
그것이 식는 속도를 보면
약이 닳은 시계의 초침을 보는 것 같아요

그래도 나는 배터리를 갈아 끼우지 않을 거예요
아무것도 걸쳐 입지 않은 목소리는
필터링을 거치지 않기 때문이지요
이른바 나를 소개하는 짓입니다
나는 당신으로부터 매일 밤
대문 밖으로 내쫓기는 사람입니다

― 「탈출을 위한 돌림노래」 부분

　시가 닿은 자리와 시인의 자리가 같은 것은 아니다. 그러
므로 시가 보여주는 서사와 시인이 꺼낸 사유를 동일선에
놓는 일은 때론 위험하다. 앞에서 언급했듯이 사유는 겹과
겹 사이에 위치한다. 그리고 시적 감동은 표면에 드러난 서
사의 층을 비집고 어떤 사유를 만나는 순간 발생한다.

　「탈출을 위한 돌림노래」에서 "탈출"의 대상은 "이 집"이다.
표면적 소재로 쓰인 "이 집"은 '오늘'이라는 관념을 대신하는
상징적 가치다. 그러므로 "탈출"은 내가 나에게 던지는 질문
에 대한 해답을 추구하는 행동이며, "돌림노래"는 이러한 과
정의 반복을 의미한다고 볼 수 있다. 어떤 해답은 근원적 질
문에 다다랐을 때 드러나기도 한다. 시인은 이미 그것을 알
고 있기라도 한 듯 "아무것도 걸쳐 입지 않은 목소리"로 "나
를 소개"하고자 한다. 하지만 혼돈 이전의 처음으로 가려고
해도 '나'는 끝없이 '오늘'에 머물고 있다. 그러므로 이런 물음
은 자의지로 해결되는 것이 아니라 "당신"이라는 타자에 의
해 강제로 "내쫓기는" 과정이 수반되어야 할지도 모른다.

　"집"에서 볼 때 바깥은 경계의 너머다. 익숙하지 않은 곳
에서 표출되는 '나'의 몸짓은 불안하고, '바깥'은 '나'와 상관
없이 움직이는 세계다. 「투명인간」에서 보여준 진술은 이런
화자의 몸짓을 더욱 구체적으로 보여주고 있다.

　　내 말을 누가 들어 주냐
　　소리를 질러도

바깥은 고요했다

　　나를 찾으려는 사람
　　아무도 없었다

　　그림자를 온몸에 휘감은 채로 하루를 다 써 버린 사람
의 얼굴은
　　까맣거나
　　무색이었다

　　길바닥에 나와서까지 굴러다녀도 하나도 안 아팠다
　　원래 그렇게 살아왔으니까

　　아무도 나를 반길 수가 없으니까
　　— 「투명인간」 부분

　"바깥"은 "나"와 상관없이 움직이는 세계다. 표면은 같지만 내면이 다른 세상에서 "나"는 투명한 존재가 되고 만다. 시인의 말대로 세계는 커다란 하나가 아니라 다양한 여럿이 각각의 모습으로 움직이고 있을 것이다. 어딘가에 속한다는 건 어느 세계의 안으로 들어간다는 뜻이다. 하지만 "바깥"이 '안'이 되는 순간 '안'은 다시 "이 집"이 되고, '나'는 돌림노래처럼 질문을 반복하게 된다. 그러므로 "탈출"은 무한 루프처럼 반복될 것이다. 그렇더라도 현재에 정체되어 질문을 그만둘 수는 없다. "내 말을 누가 들어주냐" 소리를 지르는 일, 비록 그 소리가 "구겨진 소리"라고 할지라도, "나

를 찾으려는 사람/ 아무도 없"더라도, "나를 제대로 볼 줄
아는 사람은 희박"하더라도 멈추지 않고 행동하는 일이야
말로 "탈출"이며 또한 이충기 시인의 시 쓰기일 것이다.

　절망과 비관과 자책의 이미지는 분명 어둡다. 하지만 그
러한 마음에 머물지 않고 경계 너머로 몸을 움직인다는 것
은 질문으로서의 삶이 아니라 방향으로서의 삶을 살아가겠
다는 실천적 모습임이 분명하다. 머물지 않겠다는 다짐은
힘이다. 그곳이 어디든 상관없이 시인이 바라보는 세상에
는 저마다 소리를 내며 흔들리는 사물이 있다. 그들에게 귀
를 기울이는 일, 반복과 순환의 과정에서 미세하게 다른 무
언가를 찾아내는 일이 바로 이충기 시인의 시가 향하려는
세계일 테니까 말이다.

　　땅바닥을 거닐 때마다 나뭇잎이 죽는소리가 들리는데요

　　고개를 숙이고 묵념합니다

　　이때
　　누군가 당신을 사랑한다고 말을 하는 소리가 들립니다

　　여기는 도무지 알 수가 없는 세상입니다 마치 죽기 직전
　　에 다시 뛰는 심장처럼 나무 위로 올라탄 사람, 미처 전달
　　하지 못한 러브레터를 잎과 함께 떨어뜨립니다

　　그곳에 온갖 마음이 다 들어가 있으므로

러브레터를 주울 당신에게는

스멀스멀 올라오는 해를 향해 떨어뜨릴 폭탄이 있습니다 이것은 수신자의 마음에게 시간을 허비하지 말아 달라는 거절입니다

다음 계절로 징검다리를 건너기 위해
잎을 쓸고 있는 당신은 어느새 주름진 얼굴로
이것이 순환입니까? 하며 검게 타오릅니다

사랑 고백을 받지 않으려고
사랑한다, 말을 하는 사람을 저주하기 위해

나무는 다시 잎을 매달고
이곳저곳을 발로 밟던 사람들은
눈을 감았다 뜨는데요
이 상황을 어떻게 해석해야 될지 모르는 와중에도

계절은 계속 바뀌고, 또 바뀝니다
— 「이것이 순환입니까?」 전문

　"순환"은 주기적으로 되풀이되는 것을 말한다. 무언가 반복된다고 느낀다는 건 앞으로 나아가지 못한다는 의심 혹은 불안을 내포한다. "도돌이표"나 "돌림노래" 같은 말은 "순환입니까?"라는 질문에 부합한다. 그럼에도 "계절은 계속 바뀌고" 그런 계절과 계절, 오늘과 오늘, 나와 당신의 사이에서 흔들리는 것들의 소리를 듣는 건 시인의 의무다.

「이것이 순환입니까?」에서 화자가 듣는 구체적 소리는 "나뭇잎이 죽는소리"와 "누군가 당신을 사랑한다고 말을 하는 소리"처럼 "온갖 마음이 다 들어가 있"는 소리다. 하지만 "바깥"은 "도무지 알 수가 없는 세상"이다. 그러므로 "바깥"에서 듣는 소리는 "집"에서 익숙하게 듣던 소리와는 분명 다르다. 이렇게 다른 소리를 들을 수 있다는 건 '나는 누구인가?'라는 물음에서 "우리는 어디에서 온 누구"(「고약한 골목」)인가? 라는 확장된 물음으로 건너가는 과정으로 봐도 무리가 없을 것이다.

세상은 "다음 계절로 징검다리를 건너기 위해" 움직인다. 하지만 다음 계절이란 무한의 오늘이다. 오늘 죽은 나뭇잎은 오늘 새잎으로 핀다. 그러므로 이충기 시인이 사물에 다가서는 방식은 직선이 아니라 원의 형태이다. 자정이 오면 내일이 오늘로 바뀌는 루프구조에서 누군가를 호명하고 흔들리는 무엇의 소리에 귀 기울이는 마음이야말로 이 시집이 지향하려는 본질이라고 봐도 좋을 것이다.

그렇다면 흔들리는 소리의 발원지는 어디일까?

"네 이름은 누구고, 어디에서 왔니?"(「딜레마」), "너 어디로 가고 있니?"(「넓이」), "누가 내 얘기를 시로 쓰고 있나봐"(「심장이 아픈 사람」), "저기요? 내가 안 보이시나요?"(「술래잡기를 싫어할 수밖에」) 같은 문장들을 살펴보면, "나"로 치환된 시인의 이면, 즉 이충기 시인의 내면 깊은 곳에서 발화된 '질문'으로부터 어떤 소리가 시작되었음을 짐작할 수 있다. 이렇듯 시는 '바깥'의 사물에 내면의 질문을 포개는 과정에서 발생하며, 시인이 제시한 질문의 해답이란 무엇을 채우려는 것이 아니라 모두를 비우려는 것일 수도 있다.

　아무것도 칠하지 않은 스케치북을 받았어 나는 하얗고
더 하얘지기 위해 백지가 되었네 엄마가 나를 숨길 곳들은
밑그림이 되니까

　내가 그릴 그림의 바탕이란 흰색도 아닌 무색이다 검은
밤하늘의 무늬를 온몸에 새긴 엄마는 보이지 않고 나는 꼼
짝도 하지 못하는 별의 자식처럼 숨어버렸지 어디선가 당
신 목소리가 희미하게 들리는 것 같아
　　 ─「술래잡기를 싫어할 수밖에」 부분

　"열두 시가 되기도 전에 떠나야 한다는 신데렐라의 심정"
은 무엇일까? 떠나고 싶지 않다는 아쉬움일까? 아니면 돌
아가야 한다는 강박감일까? 그것이 무엇이든 신데렐라의
마법은 '오늘'까지라는 점이다. '자정'이 지나면 또 오늘이
오지만 그 오늘은 분명 달라진 오늘이다. 그러므로 순환으
로써의 질문은 반복이면서 동시에 새로운 물음이다. 다시
말해 "흰색" 너머 "무색"으로 가려는 몸짓은 시인이 "그릴
그림의 바탕"인 셈이며, 지나간 오늘과 다가올 오늘을 같
은 색깔로 칠하지 않겠다는 의미다. "하얗고 더 하얘"져 "무
색"의 바탕이 된다는 건 세상의 어떤 사물과도 어울릴 수 있
다는 말이다. 이것은 완성이 아니라 진행이며 또한 오늘이
라는 관념에서 언젠가는 완벽하게 탈출했을 때 만날 수 있
는 가치일 것이다. 그러므로 나를 알아간다는 건 결국 나를
비워간다는 말과 같으며, '오늘'이란 "완성되지 않은 사람

으로 돌아"(『미완성』)다니는 '나'의 모습을 상징한다.

발에 바퀴를 달고 싶어

미세한 별까지 관측할 수 있는 망원경처럼 조용히 입을
다물고 있는 인간이라는 문장이 환히 보일 수 있다면 얼마
나 좋을까

너는 유심히 보고 있다
처음으로 남의 손을 잡아봤다는 얘기까지 한 나를

어떻게 해야
좀 더 안심시킬 수 있을지 고뇌에 빠진다

첫발을 내딛는 곳이라면
얼음보다 더 미끄럽고
어지러운 세계임이 분명해

그럴수록 나는
너에게 의지하는 법을 배우기 위해 스케이트를 배우고

끝이 날카로운 세계를 나란히 걷는 순간을 문장으로 바
꾼다면
우리 앞으로만 쭉 걷자, 라고 말할 것이다

뒤를 돌아보는 순간

평평한 땅도
위험지대

아무도 응원해주지 않을 것이다, 는 말버릇이
무슨 뜻인지 알 것만 같고

그 뜻을 잊어버리기 위해
너의 손을 꽉 잡고 있는
그림자가 내 밑에 보인다
— 「앞으로」 전문

   미완성이란 "온갖 비문으로 가득한 초고"(「미완성」) 같은
삶이다. 즉 미완성이란 언제, 어떻게, 무엇으로 완성될지
예단할 수 없지만 완성이 불가능하다는 뜻은 아니다. 그러
므로 '오늘'이란 결코 정지된 값이 아니라 '지나간'과 '다가
올'을 연결해주는 고리라는 것을 확인할 수 있다. "발에 바
퀴를 달고 싶어"라는 진술은 '오늘'에 존재하는 '나'를 불러
주고, 미완성의 '나'에게 이름을 붙여주는 일을 멈추지 않
겠다는 다짐이다. 그리고 이런 다짐은 나에게 머물지 않고
"입을 다물고 있는 인간"의 속마음까지 살피겠다는 것을 내
포한다. 누군가의 마음을 어루만지는 건 "얼음보다 더 미끄
럽고/ 어지러운 세계임이 분명"하다. 하지만 신념은 "아무
도 응원해주지 않"더라도 가야만 하는 몸짓이다. 「앞으로」
라는 제목은 방향성과 연속성을 동시에 품는다. "손을 꽉
잡고 있는/그림자"를 보는 것처럼 세상을 올려다보지 않고
낮고 그늘진 이들에게 눈길을 두겠다는 시인의 실천적 의

지가 엿보이는 부분이다.

그러므로 「폐가」에서 시인이 보여준 찢기고 부서지고 그늘진 낱말은 '나'로부터 투영된 세계의 사물들을 외면하지 않고 어루만지겠다는 약속인 셈이다. 그리고 거꾸로, 사물을 통해 들여다본 시인의 내면에서 익히 감지할 수 있는 모습은 "비문으로 가득한 인생"(「심장이 아픈 사람」)의 통증이라는 사실이다. 「시인의 말」은 그래서 오래 머문다.

조금만 걸어도 온몸에 열이 올랐다 마음의 병을 얻고 들어선 곳에서 체온을 다시 재고 의사의 진찰을 받았다

잠시 후
주사를 맞고 가라는 얘기를 들었다

나는 정상이 아닌 것 같아요, 선생님
— 「시인의 말」

시인이 말하는 통증이 무엇인지 구체적 서사는 알 수 없다. 그렇더라도 「시인의 말」로부터 고리로 연결되는 시편들이 뿜어내는 느낌을 통해 우리는 시인이 제시하고 있는 질문에 얼마간 가닿을 수 있다.

정상과 비정상, 다수와 소수, 체제와 반체제, 저항과 반항, 이런 복합적인 의미들은 지금까지 시인이 말하고자 했던 어제와 오늘, 오늘과 오늘, 오늘과 내일이라는 관계와 유기적으로 작동한다. 이것은 "아버지"와 "나"로 대변된 '기성세대'와 '신세대'의 갈등처럼 오늘을 살아가는 '나'에게

충분한 질문이다. 그러므로 "정상이 아닌 것" 같다는 말은 이미 구축된 세계로 합류하겠다는 뜻이 아니라 새로운 세계를 찾아가겠다는 신호로 읽을 수 있다.

허락한다면 고통에 대해서 말하고 싶어

조용히 종이에 적어서 너의 호주머니 속에 넣어뒀지 너는 손이 축축해질 때까지 종이를 만지작거렸고

나는 손에서 꽃이 피어나도록 얘깃거리를 더 적어서 너에게 또 보냈네 귀가 전혀 안 들린다는 너의 고통을 대신 풀어주고 싶어서

눈물을 흘리지 않으려고 일부러 다른 색깔의 눈동자로 망막을 가렸다 내가 너의 귀가 되어야겠다고 생각해서

어깨를 붙잡고 네 귀를 부여잡고 소리를 크게 질렀지만

내가 겪고 있는 고통이 바로 이런 거란다
아무것도 들을 수 없다는 것

너는 무슨 말이라도 해야 고통을 덜어낼 것처럼 보였다 그래서 나는 좀 더 목소리를 높였지 허락이 되었다면 고통이 무엇인지 좀 더 말하고 싶고 없애주고 싶어
　　ㅡ「고통이라는 허락」 전문

시인이 말하는 새로운 세계란 기존의 세계를 외면하지 않고 세계와 세계를 연결하는 것이다. 「고통이라는 허락」에서 "너"는 "나"와 다른 세계를 상징한다. "나"는 말을 하고 "너"는 듣지 못한다. 이때 "나"와 "너" 사이는 순간 단절된다. 하지만 소통이 끊긴 관계는 파괴되지 않고 "고통"이라는 공통된 공간을 형성한다. 만약 "나"와 "너"를 같이 보면 어떨까? 그러니까 너를 내면의 나로 읽을 때 '현실의 나'와 '이상의 나' 사이에는 단절된 무언가가 분명 존재한다. 현실의 문제점을 인정하면서 그에 따른 해결을 궁리하는 일은 긍정적이다. 본문에서는 말이 아니라 글자로 소리를 전달하는데, 이것은 또 다른 오늘의 연속성이며 아울러 같은 시공간에 존재하는 모든 대상과 관계를 이어가려는 모습이다.

어쩌면 '오늘'이란 소멸하지 않는 "고통"일 수도 있다. 그럼에도 말하기를 멈추지 않는 것이 바로 시인의 책무일 것이다. 소리로 안 된다면 글자로, 글자로도 안 된다면 행동으로 말하는 것이 온몸으로 쓰는 시가 아닐까?

"무언가를 쓴다는 건 누군가의 어깨에 걸친 채로 오늘을 이야기하는 거라고"(「미완성」) 시인은 진술한다. 이렇게 쓴 "통증은 전염된다"(「천년의 흉터 자국」). "아무것도 들을 수 없다는 것"은 얼마나 슬픈 일인가. 이충기의 시가 그런 슬픔을 없애려는 몸짓의 언어라는 사실은 부인할 수 없다.

파란 물감을 쥐어짜 놓은 병이 탁자 위에 있고 그 앞에 너를 앉혀놓은 내가 파란색으로 너의 등을 칠해놓을 때

쨍그랑

병이 깨졌다

어쩌면 우리는
같은 사람일 수도 있겠구나

갑자기 외롭다고 전화를 한 어느 누군가의 목소리처럼

활짝 열어놓은 창가에 내가 가면
네가
커튼 사이에서 나타날 때

밤은 검은 게 아니라 파랗다고,

파란 새가 너의 등에 둥지를 트고 짹짹 울고 있을 때

나는 아무렇지 않은 것처럼
새를 뒤에서 받쳐 주는 구름 떼고
노란빛이 의외로 서글퍼지는 보름달이고
선뜻 떼어 갈 상황이 아니라서
오락가락하는 별들 중 하나인 것

슬프다는 걸 알면서도
묵묵히 지나쳐야 하는 슬픔을 느끼는 순간은 죽지 못하고

파란 멍이 들었다
—「Blue」 전문

몸의 언어는 아프다. "누가 건드리지 않아도 혼자 울음을
터트리고 바닥으로 온몸을 날려" 보내는 고드름처럼 "하루
가 다 가도 녹지 않는 것이 있다면 그것은 슬픔이다"(「고드
름」).

"멍"은 그런 순간에 드러난다. "파란색으로 너의 등을 칠
해놓을 때" 그것을 정면으로 바라보고 있는 "나"의 가슴도
따라 파랗게 된다. 이런 동질의 통증이야말로 시인이 사물
과 교감하는 방법이다. 타자를 통해 자아를 들여다보는 것
은 "같은 사람"임을 확인하는 과정이다. 이런 떨림은 "슬프
다는 걸 알면서도/ 묵묵히 지나쳐야 하는 슬픔"처럼 지독한
통증이다. '나'와 같다는 것, 다시 말해서, 세상과 나 자신에
게 통증으로 질문을 던지는 사람이 있다는 건 분명 지워지
지 않는 "멍"을 그리는 일과 다르지 않다. '바깥'에 나가면
"우산을 쓰지 않고 그대로 흠뻑 젖"(「온몸으로 사랑하기」)
은 채로 서 있는 또 하나의 '나'를 만날 것만 같은 순간을 "교
감"이라고 말하는 건 어떨까.

"나"는 "우산을 펼쳐놓고 길가에 놓고 가면 그곳은 영원
히 비가 오지 않는 도시"(「방울과 방울이 만나면, 그건 관심
을 달라는 소리」)의 사람들 속에서 "가짜로 사랑하는 자세
가 무엇인지/ 배우고 또 배"(「팡파르」)운다. 하지만 이것은
"나"의 진짜 모습이 아니다. 가짜를 가려내 진짜를 찾아내
듯이 반대를 빗대 반대를 알아가는 일은 정형화된 세계의
이면에 다가가는 하나의 방법일 수 있다.

　　잔디밭에 눕자마자 잔디가 되는 꿈을 꿨다

너는 조금 더 생각을 해보겠다고
말하기가 무섭게

죽어가는 사람들이 입원해있는 병동을 떠올렸다 한 번도
아파본 적이 없는 내가 산소 호흡기를 끼는 꿈에서도 너는
조금만 시간을 더 달라고
말하기가 무섭게

파릇파릇한 풀밭에서 뛰어노는 아이들의 미소 같은 미
끄럼틀을 타며
놀고 있었다

이것은 하나의 열의에 불과했다

열이 쉽게 오르는 몸
너와 함께 누웠던 잔디밭은 어느새 흙으로 무장되고 모
래로 뒤덮인 먼지 속에서 아픔을 얘기하던 너는 조금 더 참
아보겠다고
나를 설득했다

나는 너의 품이 그토록 거칠 거라고는 생각도 못 했다 누
가 한 번쯤은 짓밟고 갔을 너의 몸을 보니

너는 조금 더 밟혀보겠다고
말하기가 무섭게

열이 올랐다 우리는 하나의 몸이 된 것처럼 같은 꿈에서
나오질 못했다

누가 우릴 밟고 갔다
말하기가 무섭게

또 다른 잔디가 보였다
그것은
우리를 뒤를 따라온 제3자의 아픔이었다
　　　　　　　　　　　　　　　　　　—「고열」 전문

「고열」은 세상과 소통하려는 화자의 몸짓을 여실히 보여
준다. 이때 꿈속의 "너"는 무의식의 세계에 있는 "나"의 모
습이다. "열"은 저항의 흔적이다. 누군가 "짓밟고 갔을" 꿈
은 지나간 오늘이면서 동시에 다가올 오늘이다. 그러므로
"고열"은 순응과 복종으로 무너지지 않고 시대를 건너려는
현상이다. "잔디"가 있는 바닥에 누워 "잔디"가 된다는 건
타자와 함께 호흡하겠다는 것이며 아울러 바닥의 언어를
몸으로 익히겠다는 시도이다. 이런 몸짓은 이충기 시집 곳
곳에 파편처럼 흩어져있는 이미지들에서 어렵지 않게 만날
수 있다. "아버지"에게서 "누나"에게서 그리고 드러나지 않
은 "당신"과 "너"에게서, 부서지고 찢기고 무너진 감정 안
쪽에 깊게 뿌리를 내리고 있는 본래의 마음이다. 그러므로
벗어남의 의미로서의 "탈출"은 처음부터 불가능했고, 밟아
도 다시 돋는 잔디처럼 통증의 자리를 시로 채우려는 몸짓
이 새롭게 의미를 부여한 "탈출"이 아니었을까?

「고열」속에서 화자의 시선은 "너"에게서 떨어지지 않는다. 고정된 시선을 중심으로 "꿈"은 수시로 변주한다. 이렇게 패턴이 일정하지 않은 변주가 "열"이라는 물리적 현상으로 구체화될 때 그것은 어떤 소리를 지닌다. 짓밟는 이와 짓밟히는 이의 소리가 뒤섞인 공간에서 우리가 들어야 할 소리는 무엇일까? 바닥을 구르는 소리는 제자리에서 흔들리는 소리보다 훨씬 입체적이다. 이충기 시인은 그런 소리를 듣는 것에 그치지 않고 온몸에 "파란 멍"을 새기려 한다.

이제 우리는 시인이 몸으로 쓰는 언어를 듣기로 하자. "비문으로 가득한" 삶이 뱉어내는 소리야말로 사람 냄새 짙은 소리일 것이다. 그러니 이충기 시집 『사랑받기 위해 태어난 사람』이 '오늘'이라는 세계에 던지는 질문은 결코 일인칭의 "나"에게 한정된 값이 아니라 세상 모든 '나'에게 던지는 화두인 것이다.

'나'는 '나'에게 어떤 답을 해야 할까?

이 시집은 그 답을 스스로 찾아보라 말하고 있다.

"내가 그릴 그림의 바탕이란 흰색도 아닌 무색이다"(「술래잡기를 싫어할 수밖에」)라는 진술이나 "바깥에도 은은한 향이 나야 되니까"(「라벤더의 끝」)라는 이유는 시인이 심어 놓은 투명한 힌트일지도 모른다.

이충기

이충기 시인은 1999년 경남 진해에서 태어났고, 2020년 계간 『사이펀』 신인상으로 등단했으며, 현재 광주대학교 문예창작학과 3학년에 재학중인 한국시단의 아이돌이라고 할 수가 있다.

이충기 시인의 첫 시집 『사랑받기 위해 태어난 사람』은 수많은 나와 당신들 사이에서, 혹은 짓밟는 이와 짓밟히는 이의 소리가 뒤섞인 공간에서, 온몸에 '파란 멍'이 들도록 '우리'를 찾아가는 시집이라고 할 수가 있다. 온몸으로 고열을 앓으면서, 온몸으로 시를 쓰면서, 나는 '사랑받기 위해 태어난 사람'이라고 중얼거리면서—. 파란 고열, 무색의 탈출을 통해 서로의 아픔을 공유하고 끊임없이 세상을 향해 질문을 하는 '우리'의 몸짓을 엿볼 수 있다.

이메일 : alfl2382@hanmail.net

이충기 시집

사랑받기 위해 태어난 사람

발   행 2021년 6월 21일
지 은 이 이충기
펴 낸 이 반송림
편집디자인 김지호
펴 낸 곳 도서출판 지혜 • 계간시전문지 애지
기획위원 반경환 이형권
주   소 34624 대전광역시 동구 태전로 57, 2층 도서출판 지혜 (삼성동)
전   화 042-625-1140
팩   스 042-627-1140
전자우편 ejisarang@hanmail.net
애지카페 cafe.daum.net/ejiliterature

ISBN : 979-11-5728-447-4 03810
값 9,000원